> **Warnung:**
>
> Dieses Buch ist aus ähstetischen Gründen in der alten Rechtschreibung verfaßt! Zu Risiken und Nebenwirkungen fragen Sie bitte die drei Weisen aus den Morgenland oder gehen ihren Nachbarn mit diesem Thema auf den Keks. Der Autor jedenfalls übernimmt keinerlei Haftung für ergraute Haare, seelische Schäden, oder sonstigen schlechten Einfluß auf die menschliche Psyche! Selbst, wenn dieses Buch den Leser auf eine neue Bewußtseinsebene heben sollte, lehnt der Autor dafür jede Verantwortung ab.

Coverzeichnung : Adrian Koppenhagen
Covergestaltung und Layout: B. Badura
Piktogramme und Weinblätter: B. Badura
Drachenbuchstaben: Bill Roach
Lektorat: Britta Wisniewski

© 2015 Bernd B. Badura
Herstellung und Verlag:
BOD – Books on Demand, Norderstedt

Dieses Buch ist für alle geschrieben, auch für jene, die es illegal erwerben. Denn auch, wenn der Autor das Geld bitter nötig hätte, so wünscht er auch jenen: Viel Spaß beim Lesen!

ISBN: 9783734752100

Bernd B. Badura

Schapo und der Meister von Zetron

Ein Interludium

Für dich,
für wen auch sonst?

Über dieses Buch:

Kaum hat Schapo in „Werke eines großen Meisters" das Abenteuer seines Lebens gemeistert, und ist in seine heiß geliebte Bibliothek zurückgekehrt, da muß er sich erneut finsteren Gefahren stellen und gerät erneut – und ohne daß er weiß, wie ihm geschieht – in ein neues halsbrecherisches Abenteuer.

Über den Autor:

Viele Sagen und Legenden ranken sich um Bernd B. Badura. Einige behaupten sogar er hätte sich – nur vom Wasser nährend, das er von den Wänden leckte – tausend Jahre in eine Höhle zurückgezogen, um über das wahre Wesen der Menschheit nachzusinnen. Endlich zu Ergebnissen gekommen, will er uns nun an seinen Erkenntnissen teilhaben lassen. Bernd B. Badura selbst begegnet solchen Geschichten eher mit einem Schmunzeln und meint, daß seine Person – im Gegensatz zu seinen Geschichten – eher uninteressant ist. Deshalb möchte er auch lieber seine Geschichten für sich sprechen lassen, als über sich selbst zu erzählen.

Buchstabenmagie

Was mag dich hier wohl erwarten?
Kannst du es denn schon erraten?
Schlag die nächste Seite auf,
Dann nimmt ein Zauber seinen Lauf.
Aus schwarzen Zeichen werden Worte,
Die sich hier an diesem Orte
Zu gar sinnhaft Sätzen bilden.
Sich dann noch – nach wenig Silben -
Zu Geschichten wohl entspinnen.
Die du erlebst mit allen Sinnen.
Wenn sie dich willkommen heißen,
Ganz und gar dich mit sich reißen.
Spürst du schon des Zaubers Prickeln
In deinem Körper sich entwickeln?
Wenn aus diesen kleinen Klecksen,
Wie durch magisch Werk von Hexen,
Ganze Welten sich entwirren,
Dich zu fremden Orten führen.
In dessen magisch Zauberbann,
Man so herrlich wandeln kann.
Doch genug der Reimereien,
Die ich fügte schelmisch ein.
Dies Gedicht, es hört nun auf,
Und läßt der Prosa ihren Lauf.

Heimkehr

Schapo entließ einen tiefen, erleichterten Seufzer. Es war schön, wieder in seiner geliebten Bibliothek in der Traumwelt zu sein. Kaum hatte er seine wertvolle Fracht in den Gefilden des Traumlandes abgeliefert, brannte ihm der Weg zu seinem wundervollen Arbeitsplatz unter den Sohlen. Er hatte zwar noch einen kurzen Abstecher zu seinem alten Freund Rangosch gemacht, um bei ihm den permanent plappernden Papageien für ein paar Tage unterzubringen, dann aber konnten es seine Schritte kaum noch erwarten, den verworrenen, verschlungenen – fast schon geheimen – Weg hierhin anzutreten. Und ja – es war schön wieder hier zu sein. Kaum angekommen, hatte er den ganzen Tag mit verträumtem Blick seine Bücher betrachtet. Lächelnd hatte er seinen Staubwedel ausgepackt und ebenso vorsichtig wie ehrfurchtsvoll seine geliebten Schätze vom Staub befreit. Jedes Buch hier war ihm vertraut und ans Herz gewachsen und ein jedes Buch hütete er wie einen Schatz. Es war schön, wieder in der Traumwelt zu sein. Und all die Lasten und Blessuren der Realität von sich abfallen zu lassen, war für ihn eine große Erleichterung. Doch als er mit dem güldenen Schlüssel das Tor zu seiner Bibliothek aufschloß, da machte sein Herz einen Sprung und dieses herrliche Gefühl von Heimat durchströmte ihn. Es war, als ob er in dieser Bibliothek aufgehen würde, als sei er ein natürlicher Teil von ihr. Freudig stellte er fest, daß – bis auf eines – ein jedes Buch noch an seinem Platz war, als er es, wie einen alten Freund – vielleicht sogar wie eine Geliebte – mit einem Lächeln und großen Augen begrüßte. Einen ausgiebigen Rapport an Morpheus – dem Herrn des Traumlandes – konnte er auch noch morgen abgeben. Heute galt es, sich von den Strapazen eines großen Abenteuers auszuruhen und den Ort aufzusuchen, der ihm in der Realität am meisten gefehlt hatte. Endlich war sein Tagwerk getan und er konnte seine Bibliothek von innen abschließen und sich in sein kleines Kämmerlein, welches sich – versteckt hinter einer Regalwand – im oberen Stockwerk der Galerie befand, zurückziehen. Mit einem Mal waren die Bücher unter sich und es herrschte Ruhe in der Bibliothek. Nur die Sterne und der Mond eines wundersamen Deckengemäldes blickten hinab auf die Bücher, die etwas ganz Besonderes darstellten. Waren sie doch von den Traumwesen selbst geschrieben und damit ein ganz besonderer Schatz, den Schapo da zu hüten hatte. Ein Beweis, daß auch Traumwesen sich selbst bewußt sein konnten.

Friedlich schlummernd lag die Bibliothek da, die nun – da sie vom Sternenstaub befreit war – wieder wie ein heimelig bewohnter Ort aussah. Eine zufriedene Ruhe war in ihr eingekehrt. Wesen mit viel Phantasie vermochten vielleicht einen gewissen Zauber verspüren und wenn sie ganz ruhig waren, sogar hören, wie die Bücher sich flüsternd unterhielten und leise Gutenachtgeschichten erzählten. Plötzlich jedoch störte etwas diese harmonische Stille und eine gespenstig weiße Gestalt huschte – ein gelbliches Licht vor sich herführend – durch den Raum. Das Licht zitterte und tanzte in ihrer Hand. Als das Wesen einen Augenblick stillstand, erhellte der warme Lichtschein sein Gesicht.

Es war Schapo. Er hatte sich ein weißes Nachthemd übergeworfen, trug aber immer noch seinen Zylinder auf den Kopf. Mit den freudigen Augen eines Kindes stolzierte er durch seine Bibliothek, bis er genau in ihrer Mitte angekommen war. Die Hand, in der er den Messingkandelaber mit der Kerze hielt, hielt er weit ausgestreckt von sich. Mit einem schelmischen Lächeln bedeckte er mit der anderen Hand seine Augen, dann fing er an, sich zu drehen. Erst langsam, dann schneller. Als er nicht mehr wußte, wohin seine ausgestreckte Hand zeigen konnte, verlangsamte er seinen derwischartigen Tanz, schließlich hielt er an. Mit der diebischen Vorfreude eines Kindes auf Weihnachten linste er zwischen seinen Fingern hindurch und eilte dann leichtfüßig in die Richtung, die ihm das Licht des Kerzenhalters wies. Er schaute sich kurz um, wo es ihn hin verschlagen hatte. Oh, in dieser Region gab es – wie eigentlich in jeder Region seiner Bibliothek – ein paar seiner Lieblingsbücher. Hier nun fanden sich so wunderbarer Perlen wie „Das Tal des Windes", „Der Wanderer von Zetlah", „Seelenregen" und natürlich „Finstermond und Sternenglanz". Vielleicht würde es ja eines dieser Bücher sein, die ihm der Zufall zu lesen geben würde. Wieder schloß er seine Augen und ließ das Licht der Kerze – natürlich in einem gebührenden Abstand – über seine kostbaren Bücher gleiten. Überrascht schaute er sich den Titel an, auf den seine Hand ganz klar verwies: „Der Meister von Zetron". Dieses Buch hatte er nun schon länger nicht gelesen. Nicht, daß er es nicht mochte – vieles in dem Buch wußte ihn sogar zu verzaubern – ob es nun das Silbermeer war, oder die wunderbare Setra, doch es gab auch ein paar Stellen, die ihm nicht ganz so gelungen erschienen. Na, was soll's, sein Schicksal hatte entschieden, dann sollte es halt „Der Meister von Zetron" sein.

Er verschwand wieder in sein Kämmerlein, das das Kerzenlicht mit einem gemütlichen, gold-gelben Licht ummantelte, legte auf seinem einfachen, hölzernen Nachtschränkchen – auf dem sich schon eine Tasse dampfender Traumkakao befand – seine Kerze ab. Platzierte den Zylinder auf dem Biedermeierstuhl in der Ecke, bevor er sich in sein Bett und unter der wunderbaren Flickendecke verkroch, auf deren großen quadratischen Flicken Motive der Bücher seiner Bibliothek zu finden waren. Er nippte am Traumkakao und die Erinnerung ließ herrliche Schokoladenaromen auf seiner Zunge tanzen, während vor seinem geistigen Auge das strahlende Gesicht einer Frau aus dem Reich der Realität entstand, die ihn dereinst so wunderbar bewirtet hatte. Er holte noch einmal tief Luft, seufzte zufrieden, dann kramte er sein Monokel hervor und setzte es auf. Mit einem zelebrierenden Lächeln schlug er das Buch auf, dessen Buchstaben schon freudig vor sich hin tanzten und es gar nicht erwarten konnten, von Schapo verschlungen zu werden, dann begann er zu lesen und die Worte in dem Buch wurden zu einer mystischen Realität:

 # Der Meister von Zetron

Zetron, die prächtige Hafenstadt, hatte sich unter dem Sternenzelt zur Nachtruhe begeben. Von weiter hinten konnte man den gemütlichen Gesang einer Hafenkneipe vernehmen. In der Ferne war das Feuer des Leuchtturmes zu sehen, das die ganze Hafenbucht in sein lebendiges Licht tauchte. Der Kai wurde von der Gischt des Silbermeeres umspült. An ihm saß, wie so oft des Abends, Setra, die junge Kapitänstochter. Sie ließ ihre Füße hinunterbaumeln, sodaß, immer dann, wenn der Wellengang etwas höher war, ihre Zehen von den silbrigen Fluten geküßt und umspielt wurden. Ihr langes, silberblaues Haar ließ sie offen im Wind wehen, während ihre Augen, die wie funkelnde Smaragde aus ihrem blassen Teint herausstachen, mit verträumter Melancholie hinaus aufs Meer blickten und warteten. Vielleicht darauf, daß ihr Vater – der nun schon so lange verschollen war – doch noch einmal zurückkehrte, vielleicht auch darauf, daß einer der Seeleute den Fluch, mit der Goram, der Hexenmeister von Zetron, ihre Seele an sich gebunden – und sich somit ihrer Dienste gesichert hatte – brechen würde und sie mit sich fortnahm. Gewiß, es gab da viele Männer, die schon beim ersten Anblick der Schönheit ihrer zierlichen Gestalt verfielen. Doch die wahre Liebe dieser grobschlächtigen Kerle war das Meer und ihre aufkeimende Leidenschaft galt mehr körperlichen Gelüsten. Setra aber war keine von den Dirnen, die sich in den Kaschemmen der Stadt dem Verlangen der Seeleute hingaben. Sie wollte mehr. Ihr Herz sehnte sich nach einer wahren, einer festen Liebe. Sie wollte nicht ständig zum Todmacher rennen müssen, damit er mit einer heißen Nadel die ungewollte Frucht einer oberflächlichen Tändelei beseitigte. Dies hätte sie gar nicht über ihr Herz bringen können. Auch wollte sie nicht schon in zwei bis drei Jahren alt und verbraucht aussehen. Zetron war zwar eine Handelsstadt und hatte lange nicht so einen verruchten Ruf wie Isindor, die als Piratenhort galt, doch trotz alledem schauten die Händler nur mit gierigen Augen auf ihren Profit und die Seeleute waren nichts weiter als abenteuerliche Halunken, die im Hier und Jetzt lebten, wohlwissend, daß jeder Tag ihr letzter sein konnte. Untereinander mochte die Bande eine verschworene Meute abgeben, in der ein jeder für den anderen sterben würde, doch ließen sie keine Landratten zwischen sich kommen. Sie waren nur ein paar Tage hier und diese Zeit nutzten sie, um sich zu vergnügen, nicht aber um sich um die Sorgen der Einheimischen zu kümmern. Und die Bevölkerung von Zetron? Sie waren viel zu furchtsam, um gegen Goram aufzubegehren. So war der Hexenmeister ihr heimlicher Herrscher geworden, der alles von ihnen verlangen konnte, da er es auf das Vortrefflichste verstand, sie mit seiner arkanen Macht zu tyrannisieren und zu manipulieren. Er hatte die Seelen vieler Menschen, gerade die, die Schönes und Stolzes in sich trugen, mit einem Bann belegt und ein Teil von ihnen in gläserne Kugeln gesperrt. Niemandem, außer den Bewohnern dieser Stadt fiel dies auf. Doch wer genau hingeschaut hätte, hätte tief in den Augen dieser Menschen eine kleine, aber unendliche Leere entdeckt. Und so war auch tief in Setras träumerischem Blick eine Leere verborgen, die eine Glaskugel, tief in den Katakomben des Hexenmeisters versteckt, aufflammen ließ. Immer dann, wenn die schöne Kapitänstochter von einer besseren Welt träumte. Dies war Gorams sadistische Art. Er nährte sich mit perverser Freude an den Flammen der letzten Hoffnung, die er ihnen ließ und die immer wieder aufs Neue in diesen Glaskugeln als Sehnsucht von Freiheit entbrannte, während sie doch nichts anderes als seine Seelensklaven waren.

Genüsslich blickte Goram auf seine Kugeln, die diesen winzig kleinen Teil Seelenessenz in sich trugen. Mit sinisterem Lächeln saß er da und wußte genau, wer sich dort gerade quälte. Er raubte den Menschen immer nur einen kleinen Teil ihrer Seele, aber genug, um aus ihnen willenlose Sklaven zu machen, wenn er die richtigen Worte sprach. Öfters ließ er ihnen sogar ihren Willen, bestrafte sie aber so schmerzvoll, wenn sie sich dem seinen wiedersetzten, daß sie sich in Krämpfen krümmten und manches Mal ihren eigenen Tod herbeisehnten. So brach er den Willen eines jeden. Und sah mit Genuß, wie einst stolze Männer und Frauen des Seevolkes nun gramgebeutelt und gebrochen durch die Gassen der Stadt wankten. Wohlwissend, daß ein Wort Gorams ausreichte und schon würden sie jeden seiner kranken Gedanken ausführen. Von einigen zehrte er auch und stahl sich ihre Lebensenergie. So wurde in Zetron und um Zetron herum behauptet, Goran sei schon viele Jahrhunderte alt. Daher auch sein eingefallenes Gesicht oder die leblos glotzenden Augen, die sich tief in seine Augenhöhle gefressen hatten. Überhaupt sah er zum Fürchten aus. Seine übermenschlich langen Finger, die ebenso lange Fingernägel krönten, seine spitzen Zähne, seine letzten verbliebenen Haare, die in langen, schütteren Strähnen an seinen aschfahlen Schädel herunterhingen, sie alle riefen Grauen und Mitleid bei seinem Anblick hervor. Goram kicherte in sich hinein. Setras Seele flammte heute mehr auf als sonst. Sie war der einzige Mensch in seinem Besitz, den er nicht gebrochen hatte. Sie war die einzige, die in seinem, zu einem schlackeschwarzen Stein gewordenen Herzen eine Regung hervorrufen konnte. Nicht, daß es Liebe war, aber er hielt es dafür. Und an diesem letzten bisschen Menschlichkeit und Herzenswärme hielt er – auf seiner perverse Art und Weise – wie an einem letzten Rettungsseil, das ihm vor der Verdammnis schützen könne, fest. Sie wollte er nicht auf die sonst übliche Weise brechen. Der hässlichste Mensch dieser Welt wollte, daß sich dieser wunderschöne Paradiesvogel Setra ihm möglichst freiwillig er- und hingab. Und so spielte er mit ihr andere, subtilere, aber ebenso perverse Spiele. Gorams finsterer Seele gefiel es, daß sie Setras ein Stück weit besaß.

Es erfüllte ihn mit einer widerwärtigen Befriedigung. Ausreichen jedoch tat ihm dies schon lange nicht mehr. Er war durch und durch gierig und nahm, was er kriegen konnte. Doch wollte er mehr und immer mehr. Wie ein unendlicher Schlund verschlang seine Seele alles, ohne jemals satt zu werden und nun war es Setra, die sie besitzen wollte. Ohne zu wissen, ob es wegen ihrer Schönheit, ihrer Unschuld oder ihrer edlen Natur war. Goram wußte nur, daß er sie wollte. Und er dachte wirklich, das sei Liebe!

Coram hatte herrlich geschlafen. Zu wissen, daß Setra ihn nicht entkommen konnte, gab dem, was er Freude nannte, Nahrung. Und so belebte ein kaum wahrnehmbares Lächeln das Gesicht eines Menschen, der schon längst im Reiche des Todes wandeln müßte, als sich die ersten Sonnenstrahlen eines angehenden und wundervollen Herbsttages über das Gebirge am Horizont kämpften und Zetron mit einem herrlich warmen, idyllischen Licht überzogen, das selbst den meisten Einwohner dieses uralten Fleckchen Erdes Heiterkeit ins Herz zu zaubern wußte und sie ihre Probleme vergessen ließ. Als Kind war dieser Ort auch für Setra ein Hort von Geborgenheit, Schönheit und Abenteuer gewesen. Doch als sie älter wurde und die Schönheit einer Frau in ihr mehr und mehr erwachte, schaffte dies Begehrlichkeiten, die sie ins Verderben reißen sollten. Ihr erster Kuß war noch von Unschuld geprägt, doch sollte sich recht bald die finstere Hand des Hexenmeisters auf sie legen und ihre Seele mit seinem Besitz beschlagen. Und heute, da hatte er etwas ganz Besonderes mit ihr vor. Sein Plan würde aufgehen, da war er sich sicher. Er würde seine Schachfiguren langsam, ganz allmählich, in Stellung bringen und Setra schließlich an sich binden.

Schicksalsschläge sollten ihr ganz allmählich und Stückchen für Stückchen alles nehmen, was sie liebte. Der Vater war schon auf mysteriöse Weise verschwunden, nun sollte ihre Mutter einer Intrige zum Opfer fallen, an der er schon lange gestrickt hatte. Heute würde er die ersten Schritte einleiten, die ihr Schicksal besiegeln würden. Wenn dies geschehen wäre, wären ihre fünf Geschwister an der Reihe. So jung und naiv, würden diese sicher kein großes Problem mehr darstellen. Und dann? Dann hätte Setras einsames Herz keine große Wahl mehr und würde den Schmeicheleien und Geschenken des Hexenmeisters erliegen. Ein anderer würde es nicht wagen, sich dem mächtigsten Hexer von Zetron in den Weg zu stellen. Und wenn er es wagen würde, dann würde er dafür mit dem Leben bezahlen. Ein finsteres Lachen überzog die Stadt und ließ ihre Einwohner erschaudern. Sie wußten, daß es von den Teufelsklippen kam. Von dort, wo der Hexenmeister – am höchsten Punkt der Stadt – Quartier bezogen hatte. Ein Schaudern, das sie alle schnell wieder abschüttelten und vergaßen, überlief sie, wußten sie doch, daß es viel zu gefährlich war, sich dem Willen des Hexers zu wiedersetzen. Warum also sich Sorgen über unabänderliche Dinge machen, wenn man den Sonnenschein genießen konnte? Zumal: Die Pläne des Hexers würden sicherlich nicht sie betreffen, es wären andere, die in seinem Blickfeld lagen, wie allzumeist. Deshalb waren sie eh nicht ihr Belang.

Und die meisten von ihnen sollten Recht behalten, die Fracht der finsteren Kutsche, die sich durch den farbenprächtigen Herbstwald kämpfte, galt nicht ihnen. Auch wenn die manisch dreinblickenden Augen – das Kohlenfeuer des Wahnsinns welches in ihnen schwelte und bei der kleinsten Gelegenheit immer wieder aufflammte – und seine strengen, erstarrten Gesichtszüge ihnen einen weiteren Schauder über den Rücken gejagt hätten.

Anteilslos saß er da, als die Kutsche durch den magischen Herbstwald fuhr, vorbei am verwunschenen Weiher, an dem sich die Farbenpracht der Bäume, sowie die wenigen Federwolken spiegelten. An so etwas hatte niemand eine Freude, der von Goram beauftragt wurden. Ihre Ziele waren andere. Sie genossen es, Leid zu verbreiten, Macht über Menschen zu gewinnen und aus ihren sadistischen Neigungen Profit schlagen zu können, ebenso wie der Meister selbst. Und dieser Schrecken, der schon längst jeden Namen verloren hatte, hatte es auf Gentra, Setras Mutter abgesehen. Erst würde er sie mit hoffnungsschwangeren Lügen über ihren Mann umschmeicheln, ihr Vertrauen gewinnen, bevor er ihr Herz vergiften und sie langsam mit Visionen in den Wahnsinn treiben würde, sodaß sie ihre Kinder verstieße, bevor sie sich selbst auf der Teufelsklippe vor den Augen der Stadt in den Tod stürzen würde. Diesen Plan hatte der namenlose Schrecken in akribischer Kleinarbeit mit Goram ausgetüftelt. Nun galt es, ihn in die Tat umzusetzen. Es galt einmal mehr, seine finstere Hand nach den Menschen auszustrecken, die so leicht zu manipulieren waren und sie wie Marionetten tanzen zu lassen. Einen Tanz des Untergangs, einen Totentanz des Verderbens.

„NEEEEIIIIIINNNNN!", der Boden erzitterte von diesem Wort, das allen Menschen dieser Welt durch die Glieder fuhr. Irritiert sahen sie sich um. Dies gehörte nicht hier her. War noch nie geschehen und hatte nicht zu geschehen. Dieses Wort war ein Fremdkörper, der sich in ihre Welt geschlichen hatte und dieser Fremdkörper hieß Schapo Klack. Mit einem lauten Aufschrei hatte er sich mitten auf dem Bootssteg von Zetron manifestiert. Und ja, er war ein Fremdkörper durch und durch! Schon seine Kleidung – die schwarze Robe, die Turnschuhe und der Zylinder – verrieten es. Sagten einem Jeden, ja schrien es heraus: Dieses Wesen gehörte nicht in diese Welt! Selbst Schapo wußte nicht genau, wie er es geschafft hatte, hierher zu gelangen, doch es sollte ihm auch egal sein. Niemals, und vor allem nicht noch einmal, würde er es zulassen, daß Setra dieses Schattental zu durchschreiten hatte, welches der merkwürdige und namenlose Autor dieser Geschichte für sie vorgesehen hatte. Er hatte es mit der Härte der Realität aufnehmen können, da sollte doch so ein kleiner Hexenmeister kein Problem darstellen. Jeder seiner Muskeln war angespannt, als er sich aus seiner Hocke – in der er sich in diese Welt manifestiert hatte – erhob. Entschlossen ging er den Anlegersteg hinab in Richtung Stadt. Dem Silbermeer, dem er in dieser Geschichte eigentlich so zugetan war und das sanft glitzernd unter ihm wog, widmete er keinen Blick. Feuereifrig hatte er sich ein Ziel gefaßt und dieses galt es, nun zu verfolgen. Er würde Goram und seine Ränkespiele schon aufhalten und sei er noch so komisch für einen Ritter in schimmernder Rüstung gekleidet, Schapo war sich sicher, daß er genau dies jetzt zu tun hatte.

Sicheren Schrittes lenkte er seinen Gang zur Gebetshalle. Er hatte die ganze Geschichte gelesen und wußte so von den albernen Schwächen, die der Namenlose besaß. Er wußte, daß er bei dem Worte „Naomil", der Anrufung der obersten Gottheit, die Wahrheit zu sagen hatte. Ebenso wußte er, daß Goram diese Kreatur einst selbst aus unheiliger Erde geformt und mit seinem eigenen Atem belebt hatte. Und diese unheilige Erde würde vergehen, wenn sie mit geweihtem Wasser in Berührung käme. Er würde sich auflösen wie die Hexe aus Oz. Auch kannte sich Schapo durch die vielen Beschreibungen der Stadt bestens in ihr aus. So huschte er, ohne groß nachdenken zu müssen, die engen und verwinkelten Gässchen der Stadt hinauf. Aus den vielen Fachwerkhäusern schauten ihn viele Menschen verdutzt an.

Einige wendeten sogar die Blicke von diesem fremdartigen Wesen ab. Die meisten von ihnen waren—mit braunen Leinen bekleidet, eine solche Kleidung, wie die Schapos, kannten sie nicht, hatten sie nie gesehen, auch wenn sie von den vielen Schiffsreisenden schon eine Menge Trachten kannten. Aber diese war noch einmal ganz anders, völlig fremdartig und neu. Daher hielten viele von ihnen sie für eine Art Dämonenwerk, oder die Arbeit eines ähnlich finsteren Hexenmeisters wie Goram. Schapo wußte genau, warum sie so reagierten. Seine Kleidung! Daß es aber auch immer seine Kleidung war, die auffallen mußte! Egal! Nun gab es Wichtigeres. Er durfte den Namenlosen nicht zu nah an Gentra heranlassen. Dieser durfte erst gar nicht mit seinen süßen Schmeicheleien ihr Herz vergiften. Schwungvoll öffnete er die Tore der Gebetshalle und störte mit seinen lauten

Schritten die Ruhe an diesem Hort der Stille und der Einkehr. Mit dort ungekannter Eile durchschritt er die weitläufigen, säulengesäumten Hallen aus weißem Marmor, ging zielsicher zum Becken mit dem geweihten Wasser. Nahm sich eine der kunstvoll verzierten Phiolen, die danebenstanden und füllte sie, bevor er ebenso eilig diese Hallen wieder verließ. Nun führte ihn sein Weg zum belebten Marktplatz, der Ort an dem Gentra zum ersten Mal auf diesen finsteren und seelenlosen Gesellen treffen würde.

„Du mußt Gentra sein! Unter tausenden von Frauen hätte ich dich erkannt!", sprach eine Stimme, die in Gentra mit einem ihr unerklärlichen vertrauenseinflößenden Flüstern wiederhallte, als sie mit ihrer Tochter Setra am rege belebten und mit vielen Ständen versehenen Marktplatz unterwegs war um Fisch, Gewürze und Gemüse für die nächsten Tage zu kaufen. „Ja, die bin ich wohl!" Die unnatürlich starren Gesichtszüge ihres

Gegenübers rangen sich ein Lächeln ab. „Ich bin mit deinem Mann Zerro zur See gefahren, er hat mir so unendlich viel von dir erzählt. Ich kenne dich, als seist du meine eigene Nachbarin!", er hielt kurz überlegend inne, „ Ja, so gut kenne ich dich! Genauso, wie ich viele andere seiner verborgenen Geheimnisse kenne. Er hat sie mir alle anvertraut!"
Gentra erschrak, als sie diese Worte hörte. Sofort waren alle Sinne – ebenso wie die ihrer Tochter – erwacht. Ihr ganzer Verstand war nun auf diese schwarze Gestalt gerichtet, die dort groß und breit vor ihr stand. Sie betrachtete sehr genau seine breite, einnehmende, schwarze Aura, seine kantigen Gesichtszüge inklusive der Hakennase, die in einer starren Mimik verfangen waren, sowie seine, im Gegensatz dazu geschmeidig wiegende, schon fast ein wenig rauchhafte Art, sich zu bewegen.
„Können wir uns heute Abend in der Schänke treffen? Ich möchte dir ein wenig mehr über ihn erzählen, und das Geheimnis, welches sein Verschwinden birgt verraten!"
„Na ... na ... natürlich!", brachte Gentra stotternd hervor, ihr ganzer Körper füllte sich mit fiebriger Aufregung. In diesem Moment stürzte eine andere schwarze Gestalt

aus der Menge hervor.

„Glaube ihm kein Wort!", rief diese entschlossen und hatte somit unweigerlich die Blicke der Umstehenden auf sich gezogen. „Dies Wesen ist nichts weiter als ein Trugbild, geschaffen von Goram, um dich ins Verderben zu ziehen! Er hofft so, besser an deine Tochter herankommen zu können!" Entsetzte Spannung erfüllte die Gesichter der Umstehenden, ein abwartendes Schweigen hatte vom Marktplatz Besitz ergriffen. „Ich bin was?", brachte dieses Wesen erbost hervor, bevor er sich an Gentra wandte um sie mit seiner einschmeichelndsten Stimme zu umgarnen. „Glaube ihm kein Wort! Nie würde ich dich belügen. Dein Mann war mein Kapitän. Ich wäre ihm bedingungslos in den Tod gefolgt. Doch er wurde mehr als das, er wurde wie ein Bruder für mich!"

„Lüge! Alles Lüge!", schrie Schapo verzweifelt, „Ich schwöre bei Naomils Namen, daß ich die Wahrheit sage! Kannst du dies auch von dir behaupten? Kannst du bei Naomils Namen schwören, daß du die Wahrheit sagst?"

Das Wesen wich ein wenig zurück und wurde unsicher. „Na... natürlich!", meinte es dann. „Na dann tu es! Schwöre bei Naomils Namen, daß du die Wahrheit sagst!"

„Bei Nnnnnn.... Bei Naaa...... Bei Nnnnn....."
„Na, kannst du es nicht?"
„Bei Nnnnnnn...."
„Ich höre seinen Namen nicht!"
„Bei Naaaaoooo....., bei Nnnnnnn ...."
Schapo reichte diese Vorführung. Eilig zog er seine Phiole hervor und schleuderte das geweihte Wasser auf die unheilvolle Figur. Mit einem schrillen Aufschrei, der von einem tiefen, unnatürlichen Gurgeln begleitet wurde, fingen ihre Gesichtszüge an, zu zerlaufen. Aufheulend und sich schmerzvoll windend, stand die Kreatur da. Schwarze, undurchdringliche Nebel stiegen von ihr auf, als sie langsam und wimmernd schmolz. Eine zähflüssige, teerhafte Flüssigkeit rann ihre Beine hinab und bildete eine immer größer werdende Pfütze. Kleiner und kleiner wurde das, schrille Gurgelaute ausstoßende und gehässig zischende, Wesen.

Bald erinnerten nur noch die Kleidung sowie die Stiefel, die dastanden – als warteten sie darauf von jemanden angezogen zu werden – an das einst menschliche Antlitz dieses finsteren Geglibbers. Der ganze Marktplatz schaute nun mit gebannten Blick auf das Geschehene.

„Seht ihr? So spielt Goram mit euch allen. Er manipuliert euch nach Belieben. Und ihr? Ihr laßt euch das so einfach gefallen! Dabei wäre es so einfach. Wenn ihr alle gegen ihn aufbegehren würdet, könnte er nichts dagegen unternehmen!", ärgerte sich Schapo über die Menschen von Zetron mit lautstarkem Schimpfen. Plötzlich verfielen alle um ihn herum in geschäftiges Treiben. Niemand wollte mehr etwas mit ihm zu tun haben, alle stoben sie auseinander. Nur Gentra und ihre Tochter Setra waren am Ort des Geschehens verblieben. Sie versuchten, ihre aufgewühlten Gemüter zu beruhigen, versuchten, sich zu fassen. Sie konnten ihren Blick nicht von dieser teerigen Pfütze abwenden, die gerade noch ein Wesen war, das ihrer Seele Heil versprach. Auch Schapo schaute auf das Resultat seines Handelns hinunter, als müßte er begreifen, was er da gerade voller Entschlossenheit getan hatte. „Er hätte euch ins Verderben geführt!", sagte er schließlich, fast entschuldigend. „Das konnte ich nicht zulassen! Es ging einfach nicht!"

„Wer ... wer bist du?", fragte Setra zögerlich. Schapo lächelte: „Nenn mich Schapo Klack!" „Dddd danke!", brachte nun auch Gentra hervor, jedoch ohne den Blick von diesem surrealen Gebilde am Boden abzuwenden. „Noch ist nicht die Zeit des Dankens gekommen! Noch kann Goram uns alle ins Verderben stürzen! Ihr müßt mir helfen, ihn zu besiegen!"

„Wir?" Mutter und Tochter schauten sich ungläubig an.

„Naja, von den anderen dürften wir nicht allzu viel Hilfe erwarten können oder?" Mit enttäuschter Geste verwies Schapo auf die Meute um ihn. Sie waren wieder mit ihren üblichen Markteinkäufen und Feilschereien beschäftigt. Allem voran achteten sie jedoch darauf, das Gesehene zu ignorieren.

„Aber das können wir nicht! Wir sind doch nur normale Seemenschen! Keine Helden, keine Krieger, keine ..."

„Und was bin ich?", fragte Schapo und wies an sich herunter.

„Du ... du siehst nicht normal aus!"

„Dann sehe ich also wie ein Held aus?"

„Das nicht aber ..."

„Ich bin nichts als ein Bibliothekar!", protestierte Schapo schließlich, „Nicht die besten Voraussetzungen, um ein Held zu sein, oder? Und doch habe ich mich ihm gestellt und habe euch geholfen! Und nun müßt ihr mir helfen, damit wir ihm gemeinsam besiegen können!"

Setra hatte die ganze Zeit schweigend zugehört. Doch bei dem Gedanken sich

Goram zu stellen, entwich ihr die letzte Farbe aus dem Gesicht. Sie schüttelte sich. Verzweiflung kam in ihr auf. „Nein! Nein! Das, das kann ich nicht!", rief sie und rannte davon.

Gentra vervollständigte die Gedanken ihrer Tochter: „Seht: Wir sind wirklich nur einfache Leute, wir haben noch nie gekämpft! Wir können uns doch nicht so einen übermächtigen Gegner stellen! Nicht, daß wir euch nicht dankbar wären, aber das? Das ist einfach zu viel verlangt! Verzeiht!" Sie verharrte noch einige Augenblicke und schaute ihn verzweifelt, nach Absolution suchend, an. Dann stob auch sie davon. Schapo blieb mit resigniertem Blick zurück. In ihm keimte Ratlosigkeit auf. Was galt es nun zu tun?

Schapo hatte sich an das Ende des Bootssteges zurückgezogen, auf dem er diese Welt betreten hatte. Sein Blick ging hinaus auf das melancholische Wiegen der silbrigen Wellen und verlor sich in der Weite des

Meeres. Der Anblick des Meeres und das Schreien der Seevögel hatten in ihm ein unerklärliches Fernweh hervorgerufen, bevor sich seine Gedanken wieder sammelten. Ja, er wäre nun gerne woanders. Ein paar Dorfbewohner hatten Goram sicher schon von dem Geschehenen erzählt, um sich so in seine Gunst zu schmeicheln. Schapo hatte sich einen Feind gemacht, einen sehr mächtigen noch dazu! Wie sollte er gegen einen Hexenmeister bestehen? Er war doch nichts als ein Bibliothekar! Ein Bücherwurm, der vielleicht mal zufällig von Morpheus, dem Herrn der Träume, auf die ein- oder andere Mission in die Welt der Realität geschickt wurde. Die letzte mochte sich als sehr schwierig, ja sogar als das Abenteuer seines Lebens erwiesen haben und dennoch: Er blieb das, was er war. Ein Bibliothekar, der dieses Abenteuer nur und ausgerechnet mit der Hilfe eines Buches bestanden hatte. Aber diesmal, diesmal war er selbst in eine Geschichte geraten, was er sich nicht einmal richtig erklären konnte. Er wußte zudem nicht einmal welche Gesetzmäßigkeiten hier herrschten. In der Realität konnte man sterben, das wußte er. Aber hier? Was würde mit ihm passieren, wenn er hier sterben würde? Im besten Falle nichts und er würde einfach wieder in seiner kleinen Schlafkammer erwachen. Aber was wäre das Schlimmste was passieren könnte? Hätte es ihn vielleicht außerhalb dieses Buches nie gegeben? Er wollte es nicht herausfinden, er wollte diese Geschichte überleben! Aber wie? Der Gegner schien übermächtig! Vielleicht, ja vielleicht war sein Eingreifen falsch. Vielleicht hätte Setra leiden müssen. Viele, viele hundert Seiten die größte Pein erdulden müssen, bevor sie bereit war, über sich hinauszuwachsen. Aber das Opfer, das sie hätte bringen müssen. All ihre Freunde, ihre Familie waren nicht mehr. Sie war eine gebrochene Person. Und auch Zetron hatte sich unter Gorams Herrschaft in einen noch finstereren Ort verwandelt.

Es war, als hätte der anonyme Autor, wer immer es auch sein mochte, einen viele hundert Seiten langen Hilfeschrei verfaßt, dessen Antwort ausgerechnet ein verträumter Bibliothekar war, der nun verloren auf einem Anlegesteg saß und um sein Leben fürchtete. Seine Entschlossenheit hatte sich in Unmut verwandelt. Mit Setras Hilfe hätte er eine gute Chance gehabt. Mit der Setra zumindest, die den Hexenmeister besiegt hatte. Aber alleine? Wie sollte er alleine gegen einen so übermächtigen Gegner bestehen? Und die Zeit spielte gegen Schapo, es war weit und breit kein Schiff zu sehen, das ihn hätte mitnehmen können, in einen Teil des Buches, über den nur Andeutungen existierten und der sonst im Buch gar nicht vorkam. Der Hexenmeister sann sicherlich auf Rache, er würde sich bald aufmachen, um an Schapo ein Exempel zu statuieren, ihn unmenschlich leiden lassen, bevor er ihn endlich töten würde. Schapo wußte nun nicht mehr, was passieren würde. Er hatte viel zu spontan und impulsiv gehandelt, die Geschichte so stark verändert, daß sie sich nun selber umschrieb. Er hatte seinen großen Vorteil schon mit seinem ersten Zug verspielt. Sicherlich, er kannte noch einige Geheimnisse, den geheimen Zugang zum Hort von Gorams finsterer Macht, der eigentlich als Fluchtweg geplant war und durch den Setra Gorams finsteres Heiligtum – in der ursprünglichen Geschichte – betreten hatte, um ihn dort in ihrer letzten Verzweiflung zu vernichten. Ja, wenn Schapo einen Vorteil hatte, dann diesen und diesen Vorteil galt es schnell zu nutzen, am besten bevor Goram seinen Zug machen würde. Ein wenig unsicher erhob sich Schapo vom Steg und wankte in Richtung Stadt zurück. Alles in ihm weigerte sich, diesen Weg anzutreten, doch er wußte, er hatte keine Wahl. Er mußte wieder an Gentras Worte denken: „Aber das können wir nicht! Wir sind doch nur normale Seemenschen! Keine Helden, keine Krieger, keine …" Aber was bitteschön war er? Ein Held? Sicherlich nicht. Er war Schapo Klack und er wünschte sich nichts sehnlicher, als in seine Bibliothek zurück, in die er gerade erst wieder heimkehren durfte und die er doch schon wieder – und ohne es eigentlich zu wollen – verlassen hatte.

Als Schapo am Ende des Steges angelangt war, hielt er verdutzt inne. War das etwa? Ja tatsächlich, es war Gentra die da, mit wild wedelnden Armen auf sich aufmerksam machend, auf ihn zugeeilt kam. „Schapo Klack, ich habe es mir überlegt, ich will euch helfen! Ihr habt soviel für uns getan, ich kann euch einfach nicht alleine gegen den Hexenmeister antreten lassen! Ich muß doch meine Tochter beschützen, kann sie doch nicht einfach diesem Drecksack überlassen, oder? Meinen Mann muß ich auch rächen. Oder hat Goram nichts mit seinem Verschwinden zu tun?" Aufgewühlt und außer Atem kam Gentra von der Abschüssigen, sandigen Straße, die zum Hafen führte auf Schapo zugestürzt. Der Traumweltler schluckte bitter, dann nickte er. „Ja doch, er hat sogar sehr viel mit seinem Verschwinden zu tun!", verriet Schapo ein wenig von seinem Wissen, das er damals auf Seite Fünfhundertirgendwas gelesen hatte. „Aber woher wißt ihr ..." „Woher ich weiß wo ihr seit, wollt ihr wissen?", strahlte ihn Gentra an, die inzwischen neben ihm ging, „Die ganze Stadt spricht über euch. Glaubt ihr wirklich, ihr könnt einen Schritt machen, ohne bemerkt zu werden?" Nun verfinsterte sich ihre Miene wieder. „Sicherlich weiß auch schon der Hexenmeister alles über euch!" Schapo senkte grüblerisch und mit ernster Miene den Kopf. „Das befürchte ich leider auch. Deshalb will ich ihm auch zuvorkommen und angreifen! Schön, euch an meiner Seite zu wissen, was ist mit Setra?" Gentra schüttelte den Kopf. „Setra hat sich in die Vorratskammer eingeschlossen und weint und weint. Erst so konnte ich

begreifen, was ihr der Hexenmeister schon alles angetan hat. Erst so konnte ich begreifen, daß seine Taten nicht länger ungesühnt bleiben dürfen!"
Schapo betrachtete Gentra genauer. Nicht nur ihr Ansehen war bei ihm enorm gestiegen. Ihm war es bisher noch nie aufgefallen, aber jetzt sah er es: Dadurch, daß ihr Aussehen in diesem Buche nie richtig beschrieben wurde, wirkten ihre ganzen Gesichtszüge stets etwas unscharf auf ihn. Immer hatte er ein anderes Gesicht auf ihres projiziert. Nun aber war sie konkreter geworden und hatte an Schärfe und Konturen gewonnen. Er konnte deutlich ihre entschlossenen, blauen Augen sehen. Falten, die wohl von der Sorge um ihren Mann herrührten, die sie jedoch mit Würde zu tragen wußte, waren zu erkennen. Und ihr langes Haar sollte von nun an türkisblau im Wind wehen. Schapo lächelte sie an, es war gut, bei dem bevorstehenden Wagnis eine Gefährtin an seiner Seite zu wissen. Er fühlte sich nicht mehr ganz so allein, nicht mehr ganz so verzweifelt. Vielleicht, ja vielleicht hätte er nun eine Chance, diesen immer noch übermächtigen Gegner besiegen zu können.
„Kommt!", meinte Schapo, nun schon in Aufbruchsstimmung, „Es gilt einen Hexer zu

besiegen!"

„Was habt ihr vor?"

Schapo lächelte verschwörerisch. „Erst einmal gilt es, die tausend Augen abzuschütteln, die uns auf Schritt und Tritt beobachten, bevor ich dir meinen Plan verraten kann!"

Nun hatte auch Gentra ein kleines, aber verschmitztes Lächeln wiedergefunden. „Dann solltet ihr zu allererst mir folgen, denn dann steht ein Kleiderwechsel an!"

Schapo tat wie geheißen und in seinem Inneren keimte das Gefühl eines Déjà-vus auf. Er grinste und schüttelte den Kopf. Daß ihm aber auch jedes Abenteuer an die Wäsche ging …

Gentra hatte Schapo auf möglichst uneinsehbaren Schleichwegen in eine alte Scheune, abseits der Stadt geführt, durch deren leicht verwitterte Bretter der ein oder andere Lichtstrahl fiel und das in gelblich bis braunen Farben gehaltene Szenario aus tanzendem Staub, Stroh und Balken zu

erhellen wußte. Dann war sie eilig verschwunden, um nach einer Weile vielsagend lächelnd mit einem alten, abgenutzten Leinengewand zurückzukehren. „Hier, damit hat Zerro einst die alltäglichen Arbeiten erledigt, unauffälligere Kleidung werdet ihr in ganz Zetron nicht finden." Mit diesen Worten warf sie Schapo das hellbraune und leicht abgewetzte Leinengewand zu. Dieser fing es auf und nahm es ein wenig skeptisch in Augenschein.
„Nun zieht es schon an! Ich werde euch auch nichts wegschauen! Seht, ich drehe mich sogar um!" Und tatsächlich, Gentra wandte sich von Schapo ab und trotzdem errötete der schüchterne Traumweltler ein wenig. Sich mitten in der Scheune umziehen, das ging einfach nicht. Eiligen Blickes schaute er sich um, bevor er eine Nische erblickte, in die er sich zurückziehen konnte. Hier nun entledigte er sich seiner alten Kleidung, bevor er sich diese Neue überwarf. „Kann ich wieder schauen?" Schapo trat aus der Nische und nickte. „Kann ich?"
„Ja doch!", erwiderte er, als er begriff, daß sie seine Geste ja nicht sehen konnte. „Na seht ihr? Es kleidet euch wunderbar! Aber soll ich euch einen Tipp geben?",

Gentra lachte spitzbübisch, „Es würde euch noch besser stehen, wenn ihr auch den merkwürdigen Hut abnehmen würdet!" Nun mußte auch Schapo schmunzeln. Er überlegte, was es mit diesem Zylinder auf sich hatte, daß er so schlecht auf ihn verzichten konnte, als er ihn – mit der übrigen Kleidung – unter einem losen Heuberg verbarg. Die Zeit des Aufbruchs war gekommen, die beiden lugten nach draußen, schauten sich genau um, und vergewisserten sich, daß niemand da war, der sie beobachteten könnte, dann verließen sie, schleichend und stets hinter den herbstlich gewandeten Büschen und Bäumen Deckung suchend, die Scheune. „Wo geht es nun hin?", flüsterte Gentra Schapo zu, als sie sich zu seinem Versteck – einer kleinen Mulde, die ringsum mit farbenfrohen Buschwerk umgeben war – geschlichen hatte. „Wir müssen noch weiter nach oben, die Anhöhe hinauf, auf der Goram sein Anwesen hat bauen lassen!", antwortete Schapo in einem ähnlichen Flüsterton, „Dort befindet sich ein geheimer Zugang zu Gorams unterirdischen Reich!"

„Wie kann es sein, daß ein Fremder sich so gut in unserer Stadt auskennt? Wäret ihr schon einmal hier gewesen, glaubt mir, ihr wäret im Gedächtnis der Menschen haften geblieben!"

„Oh, ich war schon öfters hier, aber auf meine Weise!", lächelte Schapo vielsagend.

„Ihr müßt unsichtbar gewesen sein!" Diese Andeutung Gentras ließ Schapos Lächeln noch größer werden. Sie schüttelte den Kopf.

„Ihr wißt, daß ihr ein sehr mysteriöser Mensch seid."

Nun wurde sein Lächeln sogar spitzbübischer und für Eingeweihte vielsagender. „Ja, und genau dies ist nun unser Vorteil gegen Goram! Und nun kommt!"

Die beiden zog es durch die wundervoll farbenfrohe Herbstlandschaft weiter nach oben. Ab und an, mußten sie auch Regionen passieren, in denen abgeerntete Felder oder Futterwiesen die Deckung nicht immer so üppig ausfallen ließen, doch schauten sich die beiden an solchen Orten sehr sorgsam um und konnten auch hier keine Menschenseele entdecken, die ihrem Weg mit Blicken hätte folgen können. *Vielleicht*, dachte sich Schapo, als sie an seinem vorläufigen Zielort angekommen waren, *vielleicht geht mein Plan doch auf*

und ich kann Goram überraschen!
Schließlich galt es, jeden Vorteil zu nutzen, der sich ihm bot, um gegen die finsteren Mächte Gorams gewappnet zu sein. Endlich hatten sie ihr vorläufiges Ziel erreicht. Gentra schaute Schapo ein wenig ungläubig an, konnte sie doch nichts entdecken, das seinen Halt verursacht haben könnte. Doch der Traumweltler wußte genau, warum er hier hielt. Die einzelne hohe Tanne, die neben einem üppigen Gebüsch stand, hatte es ihm verraten. Schapo, suchte – ohne sich weiter zu erklären – eine Zeit am Boden herum. Dann hob er einen langen, dicken und knorrigen Ast vom Boden auf. Er wies Gentra an zu folgen, ging einen Pfad durch das Gebüsch entlang und enterte den scharfkantigen Höhleneingang, der von Buschwerk so umsäumt war, daß er fast unsichtbar dalag. Gentra folgte staunend. „Diese Höhle ist mir noch nie aufgefallen!", raunte sie staunend, dachte sie doch eigentlich, diese Gegend gut zu kennen. Schapo wies Setras Mutter, mit ernster Miene und einem Finger vor dem Mund, ihre Stimme im Zaum zu halten, dann flüsterte er ihr zu. „Kein Wunder, zum einen liegt sie sehr versteckt, zum anderen schützt sie auch ein Zauber vor Entdeckung!"

„Wohin führt sie?"
„In eine große, natürliche Höhle, zu der sich Goram, von seinem Hause aus einen Zugang hat graben lassen. Die Zwerge, die einst den Zugang errichtet haben, hat er dann alle töten lassen!"
„Ach, das war der mysteriöse Mord an den sieben Zwergen. Er ist schon so lange her, doch der Täter konnte nie gefunden werden!"
Schapo nickte, wies sie abermals an, zu schweigen und ging den leicht aufsteigenden Weg voran.

Erst wurde es immer finsterer, der leicht bräunliche und von einem nun versiegten, aber viele tausend Jahre anhaltende Wasserstrom glattgeschliffene Felsen, war mehr zu ertasten, als denn wirklich zu sehen, doch bald schien aus dem Berg heraus ein Leuchten zu kommen, das diesen Höhlengang – zwar erst schwach – aber immer deutlicher, beleuchtete. Gentra staunte zuerst über dieses Phänomen, schloß dann aber, daß dieses Licht wohl von Gorams Höhle kommen müsse, Immerhin war der Höhlengang recht gerade und wenig verwinkelt. Plötzlich hob Schapo die Hand und wies Gentra an, zu halten. Er nahm seinen Stock und drückte ihn, sich kraftvoll auf ihn stützend auf einen Stein im Untergrund.

Pfeile zischten kurz vor ihnen vorbei und prallten wuchtvoll an die gegenüberliegende Felswand, wo sie zerbarsten. Gentra erschrak, betrachtete das Ganze mit großen Augen und flüsterte: „Eine Falle?" Schapos Nicken bestätigte das Offensichtliche.

„Aber wie kann man in diesem Fels eine solche Falle unterbringen?"

„Mit Magie!", antwortete Schapo und dachte bei sich: *Und der Phantasie – und künstlerischen Freiheit – eines Autors.* Er wies sie an, weiterzugehen. Doch kurze Zeit später mußten sie wieder halten. Schapo stemmte seinen Stock gegen die Decke und drückte mit seinem Fuß auf den Boden. Etwas polterte, löste sich von der Decke, wollte Schwung und Kraft holen und heruntersausen, doch bevor es dies vermochte, blieb es – noch kraft- und schwunglos – in Schapos Ast stecken. „Ein Fallbeil?", raunte Gentra leise. Schapo lächelte mal wieder spitzbübisch: „Magie!"

Sie gingen unter dem Fallbeil hindurch. Der Traumweltler nahm sich wieder den Ast und ließ die Guillotine möglichst geräuschlos herunter. Gentras Anwesenheit, sowie die im Buch explizite Beschreibung der Fallen, hatten Schapo bisher ein gutes Maß an Sicherheit gegeben, die seine Ängste und Zweifel vertreiben und in Schach halten konnten. Doch nun würden sie bald in Gorams Heiligtum eintreten. Geheime, finstere Dinge schlummerten hier. Die Glaskugeln mit den Seelenfragmenten gehörten da noch zu den belanglosesten und banalsten Gegenständen. Viele dunklere und seltsamere Geheimnisse schlummerten hier, die an den Verstand eines Normalsterblichen hätten rütteln können, hätte er versucht, sie zu ergründen. Das finsterste und arkanste in diesem Raum war freilich der Blutkristall, der ziemlich in der Mitte des Buches das erste Mal Erwähnung fand. Nichts sonst befand sich in diesem Raum, mit dem sich der Hexenmeister mehr Macht verschaffte. Kein Zauber sonst war so finster wie dieser. Mit ihm kanalisierte Goram die Lebensenergie der auserwählten Seelen. Aus ihr zog er seine eigene Lebens- und Zauberkraft. Wenn es gelänge diesen Stein zu zerstören, dann hatten die beiden wirklich eine Chance, den dämonischen Hexer zu besiegen. Eilig weihte Schapo Gentra in seine

Geheimnisse ein, in der vagen Hoffnung, daß die Zeit für sie spielen würde ...

Zorn funkelte in Gorams Augen und belebte, das greise, totenkopfähnliche Gesicht seines Besitzers, als er, so schnell ihn seine ausgezehrten Knochen tragen konnten, mit klapprigen Beinen die Treppen hinunter eilte. *Wer war dieser Schapo Klack? Wie konnte er es wagen, sich seinen Plänen in den Weg zu stellen. Und was vielleicht noch wichtiger war: Woher kannte er seine Pläne?* Er hatte den Berichten seiner Kuriere und Spione lange gelauscht. Doch nun war die Zeit zum Handeln gekommen. Es gab Dinge, die konnte er nicht so einfach hinnehmen, es gab Vorkommnisse, die konnte er nicht so einfach tolerieren. *Ach, hätte er doch einen Fetzen vom Stoff seines Widersachers, oder wäre er sonst irgendetwas aus seinem Besitz habhaft geworden, er hätte auch ein Stück seiner Seele bannen können! Dann hätte er ihm gehört und er wäre zu einem Spielball seiner*

Wut und seines Hasses geworden. Ja er haßte diesen Schapo Klack und das, obwohl er ihn nicht einmal kannte. Er haßte ihn aus tiefster Seele, er haßte ihn wie sonst nichts auf der Welt. Zumindest nicht mehr, hatte er sich doch all seiner Widersacher entledigen können. Oder war Schapo ein Wiederhall dessen, was er einst an Haß und Elend heraufbeschwor? Woher sollte dieser mysteriöse Kerl sonst kommen? Goram hielt auf der grobbehauenen Treppe, die den Weg in das Zentrum seiner Macht darstellte, inne. Er war völlig außer Atem und mußte dem Alter seiner klapprigen Beine Tribut zollen. Jappsend nach Luft ringend überlegte er weiter. *Er würde sich an seinem Blutkristalle nähren, damit er seinen Gegner mit einer Armada von Feuerbällen und der Lebensenergie eines jungen Mannes entgegen treten könnte. Nun war er fast ausgemergelt, die letzten Tage der Vorbereitung seines Planes hatten ihn viel Energie gekostet. Eigentlich wollte er seinen Blutkristall nicht schon wieder auffüllen. Die Seelenenergie seiner Opfer hatte sich noch lange nicht wieder regeneriert, einige könnten nun sterben und es war ein schwieriges, aufwendiges und energiereiches Verfahren neue Seelenbindungen herzustellen. Aber was hatte er für eine Wahl? Wenn er jetzt Schwäche zeigte, würden die Einwohner Zetrons vielleicht einen Teil ihrer Furcht vor ihm verlieren. Und dies – dies wäre sicherlich nicht gut. Außerdem wollte er diesen Schapo zerquetschen! Diesem Wurm, der es gewagt hatte, gegen ihn aufzubegehren, die Lebensenergie entziehen und ihm beim langsamen und elenden Verrecken zusehen. Woher nahm er diese Dreistigkeit gegen ihn aufzubegehren? Wie konnte er es wagen? Nun jedoch, hatte er höchstens die Energie für zwei, vielleicht drei kleine Feuerbälle. Hiernach wäre er ausgezehrt und das, was sein Gegner getan hatte, kündete von einer gewissen Macht. Zumal: Er kannte Gorams Pläne, mußte also wissen, wie mächtig er war und er hatte es trotzdem gewagt, sich ihm entgegenzustellen. Nein, da mußten schon andere Kaliber aufgefahren werden um diesen Schapo Klack zu vernichten und seinen merkwürdigen Hut – nebst Kopf natürlich – als Trophäe an seiner Wand enden zu lassen.* Goram grinste, ja, dieser komische Kerl würde sich – was immer er auch für ein Wesen sei – als exzellenter Wandschmuck erweisen. Er würde sich gut machen, in seiner Galerie von Feinden. Goram freute sich schon darauf, ihn zu besiegen. Seine Augen blitzten und funkelten vor begieriger Vorfreude. Es war, als könnten sie alleine töten, so sehr befand sich der klapprig erscheinende Greis in einer Ekstase aus Wut und Haß.

Dem Traumweltler gingen sofort die Augen über und er verfiel augenblicklich in den Bann eines überwältigenden Anblickes, als er aus dem Gang, der einst ein unterirdischer Bach oder Flusslauf war, in das Licht der Höhle heraustrat. Große Teile der Felsengrotte waren, wie im Buch beschrieben, vom tanzenden Feuerschein ewiger Fackeln erleuchtet. Andere, ähnlich riesig erscheinende Teile von ihr blieben, wenn sie nicht doch einen kurzen Lichtschein erhaschten, im Dunkel verborgen und ließen so ihre immensen Ausmaße mehr erahnen, als denn wirklich fassen. Schon beim Lesen war er von dieser wundersamen Höhle zutiefst beeindruckt, sie aber zu sehen, verschlug ihm dem Atem und überwältigte seine Sinne. Riesige und farbenreiche

Stalagtiten und Stalagmiten verwandelten diese Höhle in eine bizarre Zauberwelt und verzückten die Augen des Betrachters.

Das Glitzern von tausenden kleinen Kristallen, die von Decke und Wänden den Fackelschein zurückwarfen und somit für einen wundervollen, tanzenden Sternenhimmel weit unter der Erde sorgten, ließen ein Lächeln über Schapos eigentlich so sorgenvollen Mienenspiel wandern. Wassertropfen, die von den Tropfsteinen herunterrannen und mit lautem Wiederhall am Felsengrund zerbarsten, gewährten ihm eine kleine Andeutung von der wahren Größe dieses unterirdischen Riesen und erfüllten sein Herz mit Ehrfurcht. Dann, als seine Augen in diesem Überschwange von Wunderbarem weitwanderten, sah er ihn: Den Blutkristall! Da, am anderen Ende der Höhle ragte ein Teil dieses riesigen Bergkristalls aus der Felswand. Er mußte an die Passage in der Mitte des Buches denken, als Goram, als junger, unerfahrener Hexer, durch puren Zufall den Zugang zu der Höhle entdeckte, durch den auch Schapo gekommen war. Der Forscherdrang ließ den unerfahrenen Jungspund diese Höhle erkunden, dabei stieß er auf diesen riesigen

Bergkristall. Überwältigt legte er – mit magischen Beschwörungen – ein wenig der Felswand frei, um festzustellen, daß der Kristall noch viel größer war, als er erwartet hatte. Sofort erkannte er das Potential seiner Macht und begann, diesen noch reinen und unschuldigen Kristall – in einem, viele Jahre andauernden, Prozedere – seiner Macht zu beugen und seinem Willen zu unterwerfen. Mit ihm begann er, die Lebensessenzen anderer Menschen zu sammeln und sie zu missbrauchen. Mehr und mehr verfiel er seinem Wahn von Macht und stieg zum mächtigsten Hexer dieser Welt auf, während er fast alle Menschlichkeit verlor. Viele Gerüchte von teuflischem Geschehen machten Land auf, Land ab die Runde, als er sich an der Spitze dieses Berges sein Haus errichten ließ. Er war schon übermenschlich alt, als er sich einen Stollen in den Berg treiben ließ, der ihn in das heimliche Zentrum seiner Macht führen sollte. Viele, viele Jahre sollte es dauern und viele Zwergenleben verschleißen, bis schließlich die letzten verbliebenen sieben es schafften, den Stollen zu vollenden und somit ihr eigenes Todesurteil zu fällen. Nun, dies alles lag in der Vergangenheit und Schapo schaute jetzt und in diesem Augenblick auf den

Blutkristall, dessen Name da herrührte, daß er, immer wenn er voller Lebensenergie steckte, das edle weiß eines Bergkristalls abgelegt hatte und blutrot war. Doch nun war er nur zartrosa, was wohl auch hieß, daß der Hexer nicht über seine volle Macht verfügte. Sicherlich ein gutes Zeichen, und trotzdem schalt sich Schapo töricht, war der Kristall doch riesig und der Großteil seiner Masse immer noch im Felsmassiv eingegraben. Wie nur hätte er ihn zerstören können? Dies alles schien ihn nun unmöglich.

Schapo schreckte abrupt aus seiner Gedankenwelt auf, als er ein leises Röcheln vernahm, das von den Felsenwänden echote. Jemand rang dort nach Atem. Es folgte – erst leise dann immer deutlicher werdend – der Wiederhall von Schritten. Irgendetwas näherte sich. Goram kam! Dieser Gedanke fuhr wie ein lähmender Blitz durch Schapos Glieder und auch Gentra war mit einem Male leichenbleich. Sie brauchten beide ein paar Augenblicke sich zu fassen. Dann aber war es Gentra, die Schapo an der Hand nahm und mit ihm weiter in die Höhle vordrang, um sich hinter einer riesigen Tropfsteinformation ein Versteck zu suchen, aus dem sie hervorlugen und das Geschehen beobachten konnten. Schapo schaute sich vorsichtig um, dies Versteck war gut gewählt, doch war dies auch nicht weiter schwer, wirkten sie doch wie Ameisen in dieser riesigen Höhle. Von hier aus hatten sie wirklich einen guten Überblick über alles. Über den steilen und gut beleuchteten Treppenaufgang, über den sich nur ein paar hundert Schritte daneben befindlichen Blutkristall ebenso, wie über die Regale und die in den Stein gehauenen Nischen, in denen sich der Rest befand, der Gorams finstere und arkane Macht ausmachte. Merkwürdig geformte Apparaturen, Kristalle und Behältnisse waren dort zu finden. Phiolen voller giftiger Essenzen ebenso, wie die Glaskugeln, die die Seelenfragmente beherbergten.

Die Schritte wurden lauter und hallten nicht nur von den Wänden nach, nein sie echoten auch als ein angstvoll krampfendes Zusammenzucken in den Seelen der beiden Versteckten wieder. Bald würde er kommen, er verdunkelte schon das Licht des Ganges.

Dann sah Schapo den nosferatuhaften Schatten seines Widersachers. Sah die langen, feingliedrigen Finger, die viel zu dürren Beine, die dieses leicht gebeugt gehende Wesen aufrecht hielten, als finsteren und immer riesiger werdenden Schatten an der Treppenwand. Kalter Angstschweiß hatte sich auf Schapos Stirn gebildet, die Furcht drückte sich wie ein Alp auf seine Brust und machte ihm das Atmen schwer. Dann erschien die finstere Silhouette des tatsächlichen Goram im Aufgang. Einen furchtvoller Augenblick der Ruhe und der Stille herrschte mit eisigem Regiment über diese Höhle. Eiskalte, lähmende Angst hatte von den Körpern ihrer Gäste Besitz ergriffen. Langsam schälten sich die Konturen eines kleinen Männchens aus der Silhouette, die nun auch vom Höhlenlicht beschienen wurde. Dies war der mächtigste Hexenmeister dieser Welt? Schapo hatte ihn sich größer, imposanter und furchteinflößender vorgestellt. Doch Goram war vom Aussehen her nichts weiter, als ein kleines, altes Hutzelmännchen, dessen Körper von der finsteren Magie, die er benutzte, ausgemergelt, ja fast zerstört schien. So alt und kraftlos wurde er im Buche nie beschrieben. Daß er sich überhaupt noch auf den Beinen halten konnte, erschien Schapo wie ein Wunder.

Goram hielt auf seinen Weg nach unten, röchelte, hustete. Ohne, daß die Angst kleiner werden wollte, schalt Schapos Verstand mit ihm. Was für ein lausiger Held er doch war. Er hätte Waffen mitbringen sollen. Pfeil und Bogen, oder eine Armbrust, das wäre jetzt genau das Richtige gewesen. Aber hatte er daran gedacht? Nein! Was für eine traurige Figur von einem Helden er doch war. Und selbst, wenn er daran gedacht hätte, hätte er ihn vermutlich mit dieser Waffe nicht einmal getroffen. Wahrscheinlich hätte er nicht einmal ein Walfisch großes Ziel auf diese Distanz erlegt. Er war kein Held, nichtmals ein Dilettant von einem Helden oder ein Heldenanfänger, das wurde ihm nun klar. Er war nichts als ein Bibliothekar und es gab nichts Sehnlicheres für ihn, als zurück zu seinem Arbeitsplatz und Heim zu gelangen. Hätte er doch nur eine bessere Waffe gehabt! Ein Schwert! Seinen ganzen Besitz hätte er nun für ein Schwert gegeben. Damit hätte er sich nun anschleichen können. Und so ungeübt er auch war, ihn hätte er damit erschlagen. Vielleicht aber reichte auch sein Stock. Ja ganz sicher sogar, bei diesem schwächlichem Kerlchen würde ein stabiler Stock die gleiche Wirkung wie ein Schwert haben. Nur – ja, nur – gegen seine Magie war er nicht gewappnet. Das kurze Aufflackern von Mut erlosch wieder. Was sollte er nur tun? Doch er mußte handeln, er mußte einfach. Jetzt wo Goram noch schwach war, jetzt, wo er den Blutkristall noch nicht mit einem Ritual wieder aufgeladen hatte. Schapo schloß die Augen, er mußte sich zusammennehmen. Allen Mut, den er irgendwie finden konnte, in seinen Körper fließen lassen und die von Angst gelähmten Glieder von seiner Furcht befreien. Als erstes löste sich seine Zunge von dem finsteren Fluch lähmender Angst und er konnte Gentra erklären, daß sie sich aufteilen und nach vorne schleichen mußten, um dort zu versuchen, den Hexer gemeinsam zu bezwingen. Es war ihr Vorteil, daß Goram sich hier absolut sicher fühlte und daß er nicht damit rechnete, in seinem Heiligtum attackiert zu werden. Er mußte ihr nicht extra einschärfen, daß eine Entdeckung wohl den sicheren Tod bedeutet hätte. Gentra hatte alles begriffen. Sie war es auch, die sich als erste von ihrem Versteck loseisen konnte und auf leisen Sohlen zu einem anderen, näheren schlich. Schapo mußte sich sammeln, er atmete noch einmal tief durch, dann folgte er ihrem Beispiel.

Immer wieder neue Deckung suchend pirschten sich die beiden in dieser bizarren Höhlenwelt näher und näher an ihr vermeintliches Opfer heran. Schapo selbst war überrascht, wie geschickt sie dabei vorgingen. Kaum ein Laut war von ihnen zu vernehmen, als sie über den glitschig feuchten Felsuntergrund huschten. Wenn sie so weitermachten, dann hätten sie ihr Ziel schon bald erreicht. Gorams müde Knochen schleppten sich nur noch mühsam und qualvoll voran. Er war wieder und wieder zu kleinen Pausen gezwungen, die er keuchend und röchelnd damit zubrachte, nach Atem zu ringen. Auch wenn seine Wut nicht geringer werden wollte, allein ihr Aufbegehren hatte ihm viel Kraft gekostet. Bald schon befanden sich die beiden vor Gorams Heiligtum, das er mit viel Zeit und Magie von den Tropfsteinen befreit hatte, um hier all seine finsteren Werke unterbringen zu können. Nun mußten sie über eine längere freie Fläche stürmen und dazu brauchte es Mut, war hier die Gefahr einer Entdeckung doch sehr groß. Schapos Herz schlug bis zum Hals, als er Goram von hinten betrachten konnte. Der

Hexenmeister hielt wieder einmal röchelnd Inne, beugte sich vor und hustete in seine halbgebildete Faust.

JETZT! Eine innere Stimme befahl Schapo über seine Deckung und auf Goram zu zustürmen. Sein Herz machte einen schmerzvollen Sprung, als die Angst vor Entdeckung mit seiner Entschlossenheit rang und wieder seinen Körper lähmte. *JETZT! VERDAMMT NOCHMAL JETZT!*, meldete sich wieder seine innere Stimme und diesmal stürmte Schapo los.

Laut hallten seine Schritte in der Höhle wieder, als er die letzten fünfzig-sechzig Meter auf Goram zuraste. Schreiend hatte er den stabilen Ast erhoben und wollte ihn auf seinen Widersacher niederregnen lassen. Blitzschnell hatte sich dieser umgewandt, erblickte mit angstgeweiteten Augen seinen ihn unbekannten Angreifer. Es dauerte den Bruchteil einer Sekunde, dann schnellte sein Arm in Schapos Richtung und mit offener, abweisender Hand schrie er: „Stonka!"

Es war, als würde Schapo vor eine unsichtbare Mauer rennen. Jeder Schritt, den er tat glitt am Höhlenboden zurück. Keinen Jota Boden konnte er nach vorne gut machen. Mit gehässig zufriedener Miene sah dies Goram. Dies mußte also Schapo Klack sein. Er sah anders aus, als beschrieben, war wie ein Einheimischer gekleidet. Doch wer sonst sollte es wagen, ihn anzugreifen? Über viel Magie schien dieser Schapo Klack nicht zu verfügen. „Doram!" Diesen Befehl erteilend führte Goram seine Hand langsam nach oben und Schapo folgte einer unsichtbar scheinenden Verlängerung seines Armes. Wie ein Insekt zappelte er in der Luft herum. Dies gefiel Goram sichtlich und er ließ ihn mal hierhin, mal dorthin tanzen. Dann flammte auf seiner von finsterer Magie entstellten Fratze ein manisches Grinsen auf. Für einen Augenblick herrschte Ruhe und die beiden Kontrahenten schauten sich in die Augen. Ein ewigkeitswährender Augenblick trügerischer Ruhe war vergangen, dann wirbelte Gorams Arm nach oben und er öffnete seine Hand.

Schneller und schneller raste der Traumweltler nach oben. Schapo überschlug sich, wurde über Gorams Kopf geschleudert. Panisch mit allen Gliedern rudernd sah er, wie der Untergrund mit wahnwitziger Geschwindigkeit immer schneller auf ihn zuraste. Schwärze ergoß sich über seine Augen, er sah seinen letzten Augenblick gekommen. Doch diese Gnade wollte ihm Goram nicht zuteilwerden lassen. Mit diabolischer Miene fing er ihn im letzten Moment wieder auf und betrachtete abschätzig das japsende Bündel aus Angst und Furcht, das sich da in seinem Besitz befand. Nein, er hatte sich seinen Widersacher stärker vorgestellt. Dachte, daß auch dieser über Magie verfüge, da er ja seine Pläne – über die er bei Niemandem auch nur ein Sterbenswörtchen verloren hatte – voraussagen konnte. Aber scheinbar war dieser Schapo Klack nichts weiter als ein gewöhnlicher Mensch, der versuchte, ihn mit einem Stock zu erschlagen. Mit nichts als einem alten Prügel, wie einen räudigen Köter! Goram lachte verächtlich auf, nein, wenn dieses Wesen über Magie verfügt hätte, hätte er ihn aus dem Hinterhalt mit einem Feuerball oder ähnlichem attackiert. Aber woher wußte er so viel über ihn?

Über seine Pläne, über sein innerstes Sanctum der Macht? Und: Wie konnten sich seine Wege hierher verirren? Irgendjemand oder irgendetwas Mächtiges mußte dahinterstecken und es war an Goram herauszufinden, was dies sein konnte. „Deschorim!" Übermächtig erschien dieses Wort zu sein, was er da sprach. Und als er langsam seine Hand schloß, spürte Schapo wie sich ein eiserner Griff um seinen Körper legte und seinen Brustkorb zusammenquetschte. Fester und fester wurde der Griff, Schapo rang verzweifelt nach Atem.

„Wer bist du?", sprach sein Peiniger mit ruhiger, eiskalter Grabesstimme.

„Sch... Schhh...", versuchte Schapo seinen Namen zu formen, doch seine luftleeren Lungen verweigerten ihm den Dienst. Also wiederholte Goram seine Frage nun noch eindringlicher: „Wer bist du?" Sein stechender Blick durchdrang den Traumweltler und suchte in seinem Innersten nach Antworten, dann lockerte er seine Hand und er eiserne Klammergriff, der Schapo würgte schwand ein wenig.

„Schh...", er hielt inne, sammelte seine Kräfte. „Schapo Klack!", würgte er schließlich nach Luft hechelnd hervor.

Ein manisches Grinsen machte sich auf Gorams Gesicht breit. „Dachte ich es mir doch! Schapo Klack! Wer auch sonst?", triumphierte er über sein vermeintlich besiegtes Opfer. „Und was führt einen Wurm wie dich in meine Hallen? Wie konntest du es wagen überhaupt von meinen Plänen zu wissen und sie dann auch noch zu durchkreuzen?" Jedes dieser Worte sprach er mit einer tragischen Schwere aus, als seien sie der bittersüße Wein eines Sieges, in dem der tragische Beigeschmack einer Niederlage innewohnte. Seine Hand schloß sich mehr und mehr. Schapo begann zu röcheln und zu würgen. „Los, breite mir deine Geheimnisse aus! Und dich wird ein schneller Tod gnädig ereilen! Wenn nicht...", Mit diesen Worten schleuderte er den aufstöhnenden Schapo gegen den nackten Felsen. Schmerzen flammten in Schapo auf, als seine Rippen am Fels zerbarsten. Seine Sinne verloren sich, kehrten langsam wieder zu ihm zurück. Blutgeschmack sammelte sich in seinem Mund, in seinem Schädel hämmerte und pochte es und seine Rippen brannten wie Feuer.

Gentra konnte dies nicht länger mit ansehen. Vielzulange hatte sie die Pein des Mannes ertragen, der ihr so sehr geholfen hatte. Es reichte! All ihre Ängste vergessend hechtete sie aus ihrem Versteck und schnellte auf Goram zu.

Goram hörte, wie Schritte in der Höhle hallten, sah im Augenwinkel jemanden auf ihn zueilen.

„Strompf!" Augenblicklich hatte sich sein freier Arm gegen Gentra gerichtet. Sofort wurde sie gegen die nächste Stalagmiten Formation geschleudert und blieb reg- und besinnungslos liegen.

Goram hatte seinen anderen Arm keinen Augenblick von Schapo genommen, auch wenn sich sein Griff ein wenig gelöst hatte und so den gepeinigten Bibliothekar ein röchelndes Atmen ermöglichte. Auch jetzt, als er auf Gentra zuging und sie mit seinem Fuß in die Seite stieß, um sicherzugehen, daß er sie ausgeschaltet hatte, war sein anderer Arm stets auf seinen Kontrahenten gerichtet. Er drehte sie mit dem Gesicht nach oben und sah zufrieden, wie Blut von ihrer Stirn lief. Nun zog er den Arm, mit dem er Schapo kontrollierte, ein wenig zu sich hin und der Traumweltler folgte ihm. Er war nun nur noch wenige Meter von Goram entfernt.

„So, unser kleiner Wurm hat also Verstärkung geholt! Schau sie dir gut an! Das passiert mit all jenen, die sich mir

wiedersetzen."

Schapo tat wie befohlen und betrachtete mit großem Schrecken den reglosen Körper Gentras. Sie war doch nicht etwa ...? Er konnte den Gedanken nicht zu Ende formen, zu schrecklich schien er ihm zu sein. Es war, als ob in seinem Innersten etwas zerreißen würde. Ein kalter Schauer lief über seinen Nacken. Schließlich bildete sich sogar eine bittere Träne, die langsam über seine Wange lief.

Gorams Gesichtszüge wurden verbittert mit noch größerer Gehässigkeit drückte er zu! „Du weinst also über meinen Sieg, was? Ich werde dich Laus zerquetschen!"

Der Hexer hielt kurz inne, dann fuhr er fort, während sich sein eiserner Griff fester und fester um Schapos Brustkorb schloß. „Gibt es noch mehr von diesen lächerlichen Verbündeten, hast du noch mehr von diesen albernen Spielchen auf Lager, mit denen du meinst mich besiegen zu können? Dann laß sie kommen! Laß sie alle kommen! Ich werde jeden einzelnen von ihnen vernichten und zerquetschen!" Er hob Schapo hoch in die Luft und erhöhte weiter seinen Druck auf ihn. „Seht ihr, was ich mit ihm mache? Seht ihr es? Kommt raus, wenn ihr euch traut! Kommt raus und werdet von mir zerquetscht!" Schapo versuchte, zu atmen, doch es gelang ihm nicht. Alles an Luft schien aus ihn herausgewrungen zu sein. Seine Lunge brannte wie Feuer. Seine Gedärme wanden sich in Krämpfen. Seine Augäpfel schienen aus ihren Höhlen herausgedrückt zu werden. Er jappste! Jede Zelle in seinem Körper schrie nach Sauerstoff, vergebens. Erst wurde er totenbleich, dann lief er rot an. Als er schon purpur wurde, löste sich der eiserne Griff des Hexers wieder und er nahm ihn nach unten.

„Oh, es will wohl keiner kommen, was? So schnell hat unser kleiner Held seine Pfeile verschossen?", lachte er hämisch, „und du wolltest dich mir in den Weg stellen? Doch sag: Woher kanntest du meine Pläne? Wer hat sie dir veraten?"

War es Haß oder Trotz, der Schapo leitete? War es der vermeintliche Verlust Gentras oder purer Überlebenswille? Jedenfalls bildete sich nun auf Schapos Gesicht – der immer noch hustend und röchelnd in der Luft schwebte – ein höhnisches Grinsen, das zu einem keuchenden Lachen wurde, bevor er prustete und losschnaubte. Sein Lachen wurde lauter und lauter – einem

Gewittersturme gleich – der über diese Höhle herniederging.

Der Hexer hatte seinen Würgegriff sofort erhöht und so hallte und echote nun nur noch die Erinnerung dieses Lachens durch die Höhle. „Worüber lachst du? Was verdammt nochmal ist so lustig? Sag es mir! Sofort! Beim purpurnen Nasenschleim eines gelbbärtigen Grünglibberlings, ich will nun eine Antwort!", fauchte er Schapo vor Wut rasend an. Sein Zorn trieb ihn fast in den Irrsinn, seine Augen flammten auf und leuchteten gehässig. Er war nun zu allem bereit und hätte er Schapo töten müssen, er hätte es getan!

Dong! Ung! Flapp! Zuerst erfüllte ein gongähnlicher, metallener Ton diese Höhle, bevor ein unkoordinierter Nasallaut folgte und etwas hart und deutlich zu vernehmen auf dem Boden aufschlug. Schapo hatte die Atemnot in einem Schwindel getrieben, sodaß seine benommenen Sinne das Geschehen nur wie durch einen Nebel wahrnahmen, dann jedoch landete auch er, schmerzvoll aufstöhnend, auf dem steinernen Untergrund und verlor die Sinne. Wäre er noch bei Sinnen gewesen, er hätte das verweinte Gesicht Setras erblickt, das kurz nach diesem Gongschlag hinter dem Hexer auftauchte.

Lange hatte die schöne Kapitänstochter geweint. Sie weinte und schluchzte, selbst dann noch, als keine Tränen mehr kommen wollten. Endlich wurde aus ihrer Verzweiflung Trotz und aus ihrer Hoffnungslosigkeit Entschlossenheit. All die Schmach, all die Pein, die sie zu erdulden hatte ... Dies alles hatte heute zu enden! Sie hatte lange genug unter den perversen Spielen des machthungrigen Hexenmeisters zu leiden gehabt! Wie in Trance stand sie auf, um es ihrer Mutter gleichzutun und gegen den Hexenmeister aufzubegehren. Voller Entschlossenheit hatte sie sich mit dem ersten Gegenstand, dessen sie habhaft werden konnte – es war eine gusseiserne Bratpfanne – bewaffnet, hatte mit ihm das Haus verlassen und war, als wäre sie von einer Schnur gezogen, zum Anwesen des Hexers geeilt. Von Wut und Haß getrieben, hatte sie mit fest geschlossenen Fäusten gegen seine Wohnungstür gehämmert! Sie –

als ihr niemand auftun wollte – immer heftiger mit Fußtritten und Faustschlägen traktiert. Schließlich hat sie sich immer wieder mit aller Kraft dagegen geworfen, bis die Eingangstüre nachgab und Setras Passage in die unheiligen Hallen frei war. Kaum in der Behausung ihres Feindes angekommen, hörte sie von unten her Lärm, dem es zu folgen galt. Es war, als würde sie eine wohlbekannte Passage hinunterwandeln, als sie die unebenen Stufen zum Sanctum des bösen Hexers hinabglitt. Es war ihr, als würde ihr eingesperrtes Seelenfragment sie zu sich rufen. In der riesigen Höhle angekommen, wich der tranceähnliche Schleier ein wenig zur Seite und es kehrten einige ihrer Sinne zu ihr zurück. Als sie den Kampf sah hatte der gesunde Menschenverstand ihrer Entschlossenheit vorerst Einhalt geboten. So hatte sie sich versteckt und auf eine gute Gelegenheit gewartet. Als nun der Hexer in Raserei verfiel und jede Vorsicht vergaß, hatte sie die Gelegenheit für günstig erachtet. Mit fest umklammerter Bratpfanne pirschte sie sich auf leisen Sohlen heran und ... nunja, das Ergebnis kennen wir.

Setra war wie erstarrt, in ihrem Inneren herrschte eine Eiseskälte, die sie so nicht kannte. Ihr Blick war wie festgenagelt auf den Hexenmeister gerichtet, der todesgleich und reglos am Boden lag. Endlich begehrte etwas in ihrem Inneren auf, sie schüttelte sich und schaute sich um. Ihre Augen blieben sofort auf einem Regal haften. Niemand hätte es ihr sagen müssen, sie wußte sofort, was in den kleinen Glaskugeln zu finden war. Niemals zuvor hatte sich ihr Gesicht in eine solche Fratze aus Haß und Verachtung verwandelt. Wild aufschreiend stürmte sie auf dieses Regal zu und zerstörte in blinder Rage alles, was es beherbergte. Wilde Blitze aus blauem Licht flammten auf. Das Kreischen von lang unterdrückten Schreien aus Schmerz und Wut hallten durch die riesige Höhle, um dann in ein Stöhnen der Erlösung überzugehen, als Setras Zorn mit eisernem Regiment über das Schicksal dieses Regals herrschte. Scheppernd, klirrend, berstend ging alles zu Bruch, als sich jahrelang unterdrückte Wut Bahn brach und nichts ihrem Zerstörungsdrang Einhalt gebieten konnte. Kurz hielt sie inne, als sie das Ergebnis ihrer Raserei erblickte. Dann brach das zarte Wesen – das sie immer noch wahr – zusammen. Sie fiel auf den scherbenbedeckten Untergrund und weinte und weinte. Nun war sie wieder nichts weiter, als das verletzte Wesen aus Schluchzen und Wehklagen, das sie schon vor ein paar Stunden gewesen war. Niemand hätte jetzt ahnen können, was sie gerade eben vollbracht hatte. Niemand hätte ihr nun zugetraut, daß sie den Tyrannen von Zetron mit einer Bratpfanne besiegt hatte!

Centra entließ ein Stöhnen, als ihre Sinne langsam wieder zu ihr fanden. Als sie die Augen auftat, lichtete sich nur langsam der verschwommene Schleier der ihren Blick trübte. Erneut stöhnend setzte sie sich auf und schaute sich mit schwirrendem und schmerzendem Schädel im Raum um. Ihrem Mutterinstinkt folgend, blieb ihr Blick auf Setra haften, dessen Zerstörungswut ein paar blutige Schnitte in Gesicht und Armen des Mädchens hinterlassen hatte und die nun nichts mehr als ein schluchzendes und wehklagendes Häuflein Elend war. Sofort war Gentra wieder bei sich. Mit den Bärenkräften einer Mutter hatte sie auf ihre Füße gefunden, eilte zu ihrer Tochter und wischte ihr Blut und Tränen aus dem Gesicht. Dann schloß sie sie in ihre Arme. In der Geborgenheit der mütterlichen Umarmung durfte Setra gänzlich loslassen. Alle Dämme brachen. All ihre Seelenpein ergoss sich nun in ihre Tränen, die vom Gewand der Mutter aufgefangen wurde. Sie weinte, schluchzte und wimmerte elendig. Ihre Seele konnte das erste Mal seit Jahren wirklich loslassen. Es war, als ob all ihr Kummer, all ihr Schmerz aus diesem zarten Wesen herausfloß.

Gentra wußte nicht, wie lange sie ihre Tochter in den Armen gewogen hatte, bis ihr Wimmern leiser wurde und sich Setra langsam wieder beruhigte. Auch die mütterliche Seele wollte sich gerade wieder beruhigen, als sie den Hexer erblickte. Und dieser Anblick sollte alles in ihr in Aufruhr versetzten. Langsam und zärtlich ließ sie von ihrer Tochter ab und eilte dann zu dem immer noch reglos daliegenden Körper. Heftig atmend betrachte sie die Fratze des Hexers. Wut und Zorn stiegen in ihr auf. Mit vorsichtigen Schritten folgte Setra ihrer Mutter, noch erschien ihr alles wie ein Traum, konnte sie doch immer noch nicht so recht fassen, was dort gerade mit ihr passiert war. Sie blieb angstvoll und skeptisch hinter ihrer Mutter stehen. Als ihr Blick auf den Hexer fiel, wich alle Farbe aus ihrem Gesicht. „Was... was machen wir nun?", fragte sie ihre Mutter in einem dahingehauchten Tonfall. Haß und Verbitterung hatten sich im Gesicht ihrer Mutter breit gemacht. „Töten wir ihn! Er soll niemanden mehr, keinen Ehemann und keiner Tochter, ein Leid zufügen!" Ihr Blick suchte in dem Chaos des zerstörten Regals nach einem Messer, oder einer Scherbe, die lang und spitz genug war dem elenden Leben dieser Kreatur ein Ende zu bereiten.

Hinter ihr keuchte etwas. Es war Schapo, der diese Szenerie, schmerzhaft benommen, schon eine Zeit beobachtete. „Halt nein wartet!", rief er und streckte – halb im Sitzen – seinen Arm gen Gentra aus. „Was gibt es da zu warten? Uns mögen die Götter gnädig sein, wenn er erwacht!" „Aber töten? Töten wollen wir ihn nicht!" Schapo mußte an eine Geschichte in ‚Werke eines großen Meisters' denken. Dort bereute es der Held bis zum Schluß, daß seine

Heldentat auch ein Menschenleben gekostet hatte. Er kämpfte sich mit viel Kraftaufwand wieder auf seine Beine und torkelte den beiden entgegen. „Wenn wir ihn nun töten", stöhnte er immer wieder nach Atem ringend, „dann sind wir auch nicht besser als er! Wir wollen nicht über ihn richten, noch wollen wir seine Henker sein! Dies wollen wir Ganoto überlassen!" Schapo kannte die dienstälteste Stadtwache sehr gut, hatte er ihn doch im Verlaufe des Buches gut beschrieben wiedergefunden. Er war immer fair und ehrlich. Er war auch der einzige Stadtbewohner, der es wagte gegen Goram aufzubegehren. Damit hatte er im letzten Viertel des Buches Setras Leben gerettet, natürlich mußte er dafür mit seinem eigenen bezahlen. Ein großer Verlust für Zetron, das nun endgültig in ein gesetzloses Chaos stürzte. Dies alles würde nun nicht mehr passieren. Nun war es nicht mehr Gorams dämonische Wut, die über ihn zu richten hatte. Nun konnte Ganoto mit den Worten des Gesetzes über das Schicksal des Hexers bestimmen.

„Aber was, wenn Goram wieder zu sich kommt? Wird er nicht gleich...", Schapo unterbrach Gentras angstvollen Protest und verwies mit einem entschlossenen

Kopfnicken an die Wand der Höhle, gleich neben den Blutkristall, der nun wieder schneeweiß anmutete. Dort, so wußte er, hatte Goram eiserne Fesseln angebracht, denen die Kraft innewohnte jeden Hexer im Zaum zu halten. Mit ihnen hatte er dereinst Garum, seinen einstmaligen Lehrmeister und später größten Feind und Widersacher, gefesselt, um ihn langsam und qualvoll hier verrecken zu lassen, während sich Goram genüsslich seine Macht aneignete. Als er starb, hatte sich Goram aus einem seiner Knochen eine Flöte gebaut, die er heute noch gerne spielte, stellte sie doch das Symbol eines seiner größten Triumphe dar. Nun sollte Goram selbst an diese Ketten gefesselt werden.

„Aber was wenn ein Zauberspruch seine Lippen verläßt?", Gentra war noch immer nicht von diesem Plan überzeugt.

„Wir reißen ein Stück Stoff aus seinem Gewand, mit dem wir ihn knebeln können, so wird er nicht fähig sein noch irgendeinen Schaden anzurichten!"

„Seid ihr euch da sicher?"

Schapo nickte. Denn auch wenn er dies nicht aus völliger Überzeugung tat, so gab es dennoch keine Stelle im Buche, wo Goram seine Magie benutzte, ohne dies mit seinem

Mundwerke zu tun. Dies sollte Schapo als Beweis genügen. Den Rest seiner Überzeugung nahm er einfach daher, daß Gentra nicht von ihrem Plan abgelassen hätte, wenn Schapo sie nicht restlos überzeugte. Und noch war ihm dies nicht gelungen, das konnte er in ihrem Blick sehen. Also sagte er: „Ich wußte bisher alles über den Hexer und stand euch stets mit Rat und Tat zur Seite, warum vertraut ihr mir nun nicht mehr?"

Diese Worte brachen Gentras Wiederstand und sie willigte in Schapos Plan ein.

Das Werk war vollbracht. Mit vereinten Kräften hatten drei geschundene Körper den immer noch ohnmächtigen Hexenmeister zur Felswand gezerrt und ihm dort die eisernen und antimagischen Fesseln angelegt. Sie hatten ein Stück Stoff aus seinem teuren Brokatmantel geschnitten und ihn damit geknebelt. Nun schauten sie ihn sich an. Er hatte all seinen Schrecken verloren. Sein ausgemergelter Körper bot für die drei nun nur noch einen Anblick der sie mit Mitleid erfüllte. Selbst Setra dauerte dieses gnomenhafte Kerlchen, das dem Tode näher schien, als dem Leben. Seine blutunterlaufenden, tiefen Augenhöhlen, seine fahle, papierene Haut, all das kündete von seinem baldigen Ende und der Vergänglichkeit allen Seins. Genug um ihn getrauert! Nicht nur, daß er dies nicht verdiente, keiner von den dreien wollte anwesend sein, wenn er wieder erwachte. Sie stützten sich gegenseitig – Schapo in die Mitte nehmend – auf ihre verletzten Leiber und torkelten zielsicher dem Ausgang entgegen.

Als es die steinernen Treppen hinaufging, kam Schapo ins Grübeln. Die Geschichte aus ‚Werke eines großen Meisters', die ihn dazu gebracht hatte, Gorams Tötung zu verhindern hatte ein paar interessante Parallelen zu dieser Geschichte. Hatte dies eine tiefere Bewandtnis? ‚Werke eines großen Meisters' hatte scheinbar einen größeren Einfluß auf sein Leben, als er gedacht hätte. So als ob es ihn auf diese Situation vorbereitete hätte. Überhaupt war hier ein Punkt erreicht, in dem viele Fäden seines Lebens zusammenliefen. Er mußte wieder an die Zeit denken, als er von

Morpheus das erste Mal in die Realität entsandt wurde, um Biologie und Philosophie zu studieren. An den ganzen Schatz des Wissens, den er dort lernte, stets in seinem Herzen trug und wieder mit heim nahm. All die Wunder des Lebens, die er sah, hatten ihn damals tief ins Grübeln gebracht. Ja, es waren große Wunder, die dort vor sich gingen. Das erste große Wunder schien der Urknall zu sein.

Es war, als ob seit tausenden von Ewigkeiten nichts passiert war, es nichts gab und auch nichts zu existieren schien, als die Zeit auf die Idee kam, daß der Raum doch Platz zum expandieren bräuchte. So entstand damals der Raum und mit ihm wurde die Zeit geboren. Dann ging alles rasend schnell. Aus Energie bildete sich Materie, Atome formten sich, aus ihnen Moleküle. Aus diesen neuen Stoffen entstanden neue, monumentale Wunder wie Sterne und Planeten. In den Sternen wurden neue, schwerere Atome geschaffen. Neue Elemente mit anderen Eigenschaften, die für die kommenden Wunder unerlässlich waren. Ein kosmisches Karussell begann, in dem sich gigantische Galaxien formten, miteinander tanzten und auseinanderstoben. Wunder um Wunder geschah, doch gab es ein Wunder, das die anderen übertraf. An ganz gewissen Orten formte sich aus toter Materie etwas ganz besonders Einzigartiges: Leben. Niemand kann sagen, wie es entstand oder was hinter diesem Wunder steckte. Aber doch: Es geschah! Natürlich fand dieses Wunder nur an ausgesuchten Orten statt. Orte, die dadurch wertvoller wurden als alles andere in diesem Universum, Orte wie die Erde. Auf ihr entwickelte das Leben sogar höhere, individuelle und einzigartige Formen, die sich selbst und einen Hauch der Wunder um sie herum begreifen, – und ja – sogar träumen konnten. Aus solch einem Traum war Schapo Klack entstanden. Erst war er vielleicht nichts weiter als die Marionette dieses Traumes, doch wurde er mehr und mehr zu einem eigenständigen Wesen, das schließlich sogar die Realität besuchen und nach all ihren Wundern greifen konnte. So ein Wesen hatte natürlich verstanden, wie wertvoll das Leben war. Und wie fragil und schutzbedürftig es nun in den Händen der Menschen lag. Er hatte begriffen – und damals viel darüber nachgedacht – daß Macht – so man sie denn erlangte – eine äußerst zerstörerische Kraft war, wenn sie nicht mit Verantwortung einherging. Er hatte begriffen, daß jedes Lebewesen, das entstand, ein einmaliges Wunder für sich war, eine schützenswerte Flamme, deren Licht nie wiederkehrte, wenn sie erlosch. Deshalb mußten die Mächtigen der Welt das Wunder des Lebens schützen und zur Entfaltung bringen.–Je mehr sie an Macht und Wissen erlangten, desto mehr Verantwortung trugen sie. Macht durfte nie Selbstzweck sein, sondern hatte der Gesellschaft an sich und dem Leben, aus dem es entstanden war, zu dienen. Nur so konnte eine Gesellschaft Bestand haben, nur so war eine Gesellschaft etwas wert. Was passierte, wenn Macht in die falschen Hände geriet und zum Selbstzweck wurde, das hatte Goram eindrucksvoll bewiesen. Dies war wieder einer der Momente in der Existenz von Schapo Klack, in dem alles wie klar dazuliegen schien. In dem alles einen Sinn ergab. Bald natürlich würde sich dieses wieder ändern. Bald würden sich seine Gedanken wieder in diesem wunderschönen und aus lauter Wundern bestehendem Chaos verlieren. Und auch, wenn er auch solch chaotische Zeiten sehr genoß, so war dieser Moment der Klarheit, doch ein seltener Moment des höchstens Glückes für ihn. So geschunden er auch war, gerade war Schapo

Klack äußerst glücklich und vom Gefühl beseelt, das Richtige getan zu haben. Gentra und Setra ging dies – wenn auch aus anderen Gründen – ähnlich. Dieses gemeinsam verbrachte Abenteuer hatte zwischen den dreien ein Band tiefer Verbundenheit geflochten, das – auch wenn einer von ihnen nicht in diese Welt gehörte – wohl bis an das Ende ihrer Existenzen Bestand haben würde. Ihre Gesichter strahlten, als sie mehr und mehr in das Licht des Tages traten. Als sie dann die arg lädierte Tür – die nur noch an einer Angel befestigt war – beiseite schoben und ihre Nasen von einer steifen Meeresbriese umwehen ließen, gab es für die drei kein Halten mehr und sie riefen und schrien ihr Glück hinaus. Sie drehten sich und tanzten – so gut es ihnen ihre Blessuren, die sie für diesen Moment völlig zu vergessen schienen, erlaubten – vor lauter Lebensfreude einen Tanz der Erleichterung, der all ihre Anspannung von ihnen abfallen ließ. Schließlich ließen sie sich zu Boden sinken und Schapo schaute sich genüßlich um. Er sah hinaus auf das Meer, das frei und ungezähmt war, so wie nun auch das Schicksal von Setra. Sicherlich, ein paar Blessuren hatten Gorams Peinigungen auf der Seele des jungen Mädchens hinterlassen. Aber, bis auf den Verlust ihres Vaters, war da nichts, das nicht auch heilen könnte. Nicht so, wie in der ursprünglichen Geschichte, wo sie als gebrochene Frau endete, die sich den Weg ins Leben erst wieder hart erkämpfen mußte, nachdem sie mit einer List Goram ermordet – und so auch noch Schuld auf sich geladen – hatte. Schapos Blick schweifte weiter über die Landschaft, um dann vor dem Eichenbaum vor Gorams Haus zu verweilen. Belustigt sah der Traumweltler, wie er, als ob er das Szenario des Schreckens unter ihnen bedecken wollte, seine bunt gefärbten Blätter zu Boden gleiten ließ. Einige Momente verweilte er, mit einem diebischen Grinsen diese Ironie in sich aufnehmend, dann sprang Schapo glückstrunken auf, torkelte zum Baum, fing eines der herabgleiten Blätter aus der Luft und drehte es schelmisch zwischen Daumen und Zeigefinger.

„Was machst du da?", fragte Setra lachend.

„Ich wollte mir nur ein Andenken sichern!", antwortete Schapo in einem ähnlichen Tonfall. Dann wurde sein Blick ein wenig sehnender, es war, als ob seine Bibliothek aus einer anderen Welt ihn rief. In seinem Herzen gab es einen kleinen Stich und Heimweh befiel ihn.

Sofort machte sich Gentra Sorgen: „Was ist

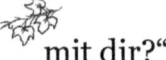

mit dir?"

„Ach nichts, ich mußte nur an den Ort denken, der meine Heimat ist und an dem ich eigentlich gehöre!"

„Schapo", warf Setra ein, „du löst dich auf!"

„Mach dir keine Sorgen! Ich kehre heim, in die Welt, in die ich gehöre!"

„Natürlich tust du das!", antwortete Gentra. Es war, als ob sie verstand. „Ein Mensch wie du gehört nicht hierher! Er ist viel zu gut für diese Welt!" Sie stand auf und schüttelte Schapo – in dessen Augen nun auch die Wehmut des Abschieds mitschwang – die Hand. Auch Setra hatte sich erhoben. Sie umarmte ihren Retter innigst und küßte ihn auf die Wange. „Mach es gut Schapo Klack, du wundervoller Mensch und besuch uns ab und an mal!"

Schapo strahlte sie an, so gut er konnte. Würgte den Kloß herunter, der sich in seiner Kehle gebildet hatte und sagte: „Oh ich werde euch oft besuchen, als unsichtbarer Begleiter, ihr werdet nur nicht viel davon merken. Aber glaubt mir: Ich werde bei euch sein."

Setra ließ langsam von Schapo ab. Und die Welt verschwand vor Schapos Augen.

Schlafkammerepilog

Schapo tauchte ein in ein Farbenmeer, in dem langsam die gelblich braunen Töne seiner Dachkammer überwogen. Das warme Licht der Kerze, das von den Decken seiner geheim gelegenen Dachkammer reflektiert wurde, wurde klarer und klarer. Schließlich stellte Schapo mit einem wehmütig-freudigen Blick fest, daß er wieder daheim angelangt war. Vor ihm das Buch, in dessen Abenteuer er sich gerade noch mehr als nur vertieft hatte. Er mußte lächeln, als er feststellte, daß er in seiner Hand immer noch das Eichenblatt hielt. Langsam ließ er es mit ein wenig Wehmut als Lesezeichen in sein Buch sinken. Dann schaute er sich ein wenig in seiner, ihm so vertrauten, Gemütlichkeit und Geborgenheit ausstrahlenden, Umgebung um. Hier war immer noch alles beim Alten. Auch er hatte sich nicht sehr verändert. Er war wieder mit seinem weißen Schlafgewand bekleidet. Auch sein, mit einem Goldrand versehenes, Monokel klemmte immer noch zwischen seinen Augen. Nur merkwürdigerweise trug er wieder seinen Zylinder, wie er mit dem schelmischen Lächeln eines Kindes, das gerade Unfug im Sinn hatte, feststellen mußte. Er nahm ihn ab und beförderte ihn mit einem gezielten Wurf zurück auf seinen Platz auf dem Biedermeierstuhl. Dann blätterte er ein wenig im Buch herum und sah – mit einem merkwürdigen Gefühl im Bauch – die über sechshundert Seiten, die dank ihm nun leer waren. Eigentlich war er ja als Bibliothekar verpflichtet, diese Bücher und ihre Werte darin zu bewahren und nicht in ihren Geschichten herum zu pfuschen, und doch war es geschehen. Hatte er ein Recht dazu? Sein Gerechtigkeitsempfinden meldete sich und kämpfte gegen sein schlechtes Gewissen an. Natürlich hatte er das Recht dazu, er konnte Setra doch nicht so leiden lassen. Ganz überzeugen wollte ihn dies aber nicht. Sein Blättern wurde zaghafter, seine Zweifel blieben. Dann kam er schließlich zu den Seiten, die noch beschrieben waren und er entdeckte, daß, nachdem er diese Welt verlassen hatte, sich noch ein paar Zeilen in dem Buch hinzugefügt hatten, die er mit einer gewissen Neugierde las:

Es war Abend geworden und die Dämmerung der Nacht hatte schon den

ersten Sternen ihren Platz am Firmament eingeräumt, als Setra wieder auf ihrem Stammplatz am Hafen saß und mit verträumten Blick den blassen Mond betrachtete und wie sich dieser im seichten Schaukeln des Meeres spiegelte. Nun zog es sie nicht mehr fort von diesem Ort. Nein, nun genoß sie einfach nur, mit weiten smaragdgrünen Augen, in denen nun keine Leere mehr zu finden war, dessen melancholische Schönheit. Setra hatte nun, wie ganz Zetron, ihr eigenes Schicksal in der Hand. Der unsichtbare Würgegriff des Hexers war verschwunden und hatte diesen Ort – zumindest vorerst – in eine wunderschöne Idylle verwandelt. Sicherlich, es würden neue Dinge passieren und neuerliche Aufgaben und Probleme auf diesen Ort warten. Andere Wesen würden nach der Macht greifen, die Gorams ‚Entthronung' hinterlassen hatte. Es würden sich neuerliche Geschichten schreiben und entspinnen. Neuerliche Schicksale – traurige wie fröhliche – würden hier schon bald ihren Verlauf nehmen. Aber nicht heute Abend, heute Abend stand die Welt still. Setra genoß diesen Augenblick. Ein Lächeln huschte über ihre Lippen, als sie an ihren Retter denken mußte. Es war, als ob ein seichtes Abbild seines Gesichtes sich auf dem letzten Abendblau des Firmamentes abzeichnete. Wo er nun wohl war? Ob sich seine Gedanken auch gerade zu ihr her verirrten? Er hatte gesagt, daß er sie – auf seine Art – noch oft besuchen würde. Vielleicht schaute er ihr ja gerade zu. Worte formten sich auf ihren Lippen. Worte, die aus tiefstem Herzen kamen. Worte der Dankbarkeit, daß sie nun im Stande war, ihre eigene Geschichte zu schreiben. „Danke Schapo Klack! Danke!"

Schapo war gerührt, als er dies las, so sehr, daß ihm eine Träne der Glückseligkeit über die Wangen lief. Wie es schien, hatte er doch das Richtige getan. Wie es schien, hatte er diesem Buch die Chance gegeben, sich mit neuen Buchstaben zu füllen und eine neue – schönere – Geschichte zu schreiben. Er seufzte, betrachtete noch eine Weile das Buch, auf dem sich aber keine neuen Buchstaben bilden wollten. Dann schloß er es. Es war schon spät geworden und morgen hatte er noch viel vor, schließlich würde es morgen zu Morpheus gehen. Er legte das Buch beiseite, dann löschte er mit schelmisch funkelnden Augen die Kerze. Für den Traumweltler war es Zeit, sich in das Reich des Schlafes zu begeben. Gute Nacht Schapo Klack. Mögest du in dieser Nacht den Frieden finden, den du für deine kommenden Abenteuer brauchst.

Märchen sind mehr als nur wahr –

Nicht deshalb weil sie uns sagen,

daß es Drachen gibt,

sondern weil sie uns sagen,

daß man sie besiegen kann.

G. K. Chesterton

Bonusgeschichte

Nicht nur Setra, auch ich habe mich zu bedanken. Nämlich bei euch: Bei meinen Lesern. Was da alles von euch zurückkommt, das ist schon toll und herzerwärmend. Mit so vielen überwältigenden Reaktionen hätte ich nie gerechnet. Das ist einfach nur umwerfend. Es ist wirklich an der Zeit, sich einmal ganz herzlich zu bedanken. Und wie macht ein großer Autor das? Genau: Er schreibt eine Geschichte. Und da man von den großen Autoren nur das Beste lernt, hab ich mir gedacht: Na dann machst du das doch auch! Ich hoffe ihr hattet Spaß an dem kleinen Schapo-Abenteuer, auch wenn die Geschichte mal wieder typisch untypisch für mich war und Schapo mal wieder von einer ganz anderen Seite gezeigt hat. Ich würde gerne sagen, daß dieses kleine Interludium genau das ist: Ein Zwischenspiel. Doch leider habe ich zwar schon eine Fortsetzung zu „Werke eines großen Meisters" im Kopf, aber noch kein einziges Wort von ihr zu Papier gebracht und das ist ja die Hauptarbeit. Und da ich derzeit noch an ein oder zwei Kurzgeschichtensammlungen arbeite, müßt ihr euch noch ein wenig gedulden. Vielleicht schreib´ ich euch sogar noch ein weiteres Interludium, damit ich euch die Wartezeit noch ein wenig verkürzen kann. Denn: Auch wenn ich dieses Büchlein sehr spontan geschrieben habe, und – anders als sonst – ohne einen großen Masterplan an das Konzept gegangen bin, ich hatte meinen Spaß an dieser Geschichte. So zum Abschluß – ihr kennt das ja schon von „Werke eines großen Meister" – gibt es mal wieder eine Bonusgeschichte. Und auch die ist – wie sollte es auch anders sein – typisch untypisch für mich. Aber lest selbst.

Vielen Dank fürs Lesen und wenn ihr mögt, dann lesen wir uns ein weiteres Mal, Euer Bernd B. Badura

Was der Wind erzählt

Leise flüsterte der Wind durch die Äste der Bäume des verzauberten Waldes und streichelte behutsam ihre jungen Frühlingsblätter. Ein grade aus seinem Winterschlaf erwachter Eichkater huschte von den Baumkronen herunter und suchte mit viel Geschick Eicheln und Bucheckern, die er sich als Vorrat vergraben hatte. Gekonnt flitzte er dabei über den moosreichen Waldboden. Hier und da hielt er inne, richtete sich auf und schaute wachen Blickes, ob keine Gefahren aus dem Unterholz brechen würden, um dann die Suche nach seinen Vorräten fortzusetzen. Nicht weit davon entfernt, wand sich fröhlich ein Bächlein durch felsiges Gelände und stürzte manches Mal in rasanten Manövern über kleine Klippen. Rauschend und tosend floß es vergnügt und eilig dahin. Silbrig funkelnd reflektierte es das Sonnenlicht, welches sanft und mit Bedacht den jungen Tag erhellte. Bald sollte es das kleine Gewässer ruhiger angehen lassen, denn schon ein paar

Biegungen später würde es in einen großen Bach – der fast schon ein Flüsslein war – hineinfließen. Dieser hatte sich ein beachtlicheres Bett in den Untergrund gegraben, in dem er gemächlicher seinem fließenden Gewerbe nachgehen konnte.

Doch sollte das nächste Abenteuer für ihn nicht lange auf sich warten lassen, galt es doch ein wenig flussabwärts die alte Waldmühle anzutreiben, die sich wie magisch in die Landschaft einfügte. Die Wasser, die sich für ein kleines Abenteuer entschieden hatten, liefen den langen Holzsteg entlang, um dann in die Tiefe zu stürzen und rauschend das alte, aber robuste Mühlrad anzutreiben. Ein Teil des Wassers spritzte unten wieder auf, wollte ein Blick durch das Fenster erheischen und herausfinden, ob einiges von den Geschichten und Erzählungen wahr wäre, die hier aller Orten die Runde machten. Doch wollte es keinem dieser Spritzer gelingen, auch nur annähernd an das Fenster heranzureichen, um das Antlitz der Sängerin erblicken zu können, die so oft des Abends ihre wunderschön traurige Stimme erhob, welche stets durch den ganzen Wald erschallte und nichts und niemanden ungerührt lassen wollte. Wenn sie ihre alten

Weisen sang, gaben selbst Fuchs und Hase ihre Generationen andauernde Rivalität auf. Und so konnten sie oft beobachtet werden, wie sie sich – vom Gesang besänftigt – nebeneinander setzten, um andächtig den Liedern der Sängerin zu lauschen, die nie jemand wirklich sah. Doch wollten die Gerüchte über ihre Schönheit ebenso wenig verstummen, wie jene, die sich über ihre mysteriöse Herkunft erzählt wurden.

Der Müller – so hieß es – konnte einst die hier ansässige Wassernymphe beim Baden bewundern. Sogleich war sein Herz auf ewig verloren und auch aus seinem Verstande wollte sie nimmer schwinden. So schlich er sich wieder und wieder zu dem alten Weiher, wo er ihrer zum ersten Male ansichtig wurde und konnte sie dort oft beobachten, wie sie im Mondschein badete und ihr wunderschönes blaues und silbrig glänzendes Haar kämmte. Jedes Mal verlor er sich in diesem Anblick und alle Sorgen des Lebens waren vergessen.

Eines Abends jedoch verfingen sich ihre seidigen Haare in einer Wurzel, die es gewagt hatte bis zum Ufer des Seeleins vorzudringen. Die Wurzel dachte gar nicht daran, von ihrer unerwarteten Beute abzulassen und so war die Nymphe kurz vor Sonnenaufgang gefangen.

Panik befiel sie. Verzweifelt versuchte sie, sich loszureißen um den trocknenden Strahlen der Sonne zu entgehen. Wußte sie doch nur zu gut, daß dies das Ende – selbst für ein Wesen unsterblicher Schönheit wie sie – bedeuten könnte.

Der Müller sah seine Liebste in Bedrängnis. Ohne nachzudenken stob er aus seinem Versteck und eilte ihr zur Hilfe. Mit vereinten Kräften gelang es ihnen, die Haare aus dem hölzernen Griff der Wurzel zu befreien. Als Dank erntete er einen Kuß auf seine Wange. Lange noch schaute er ihr nach. Und während die Erinnerung an den Kuß immer noch seine Backe streichelte, verlor sich sein Blick im klaren Wasser des Weihers, in dem sie so eilig verschwunden war.

Von nun an sahen sie sich öfter und es begann, was nicht hätte beginnen dürfen. Eine verboten Liebe fand ihren Anfang, die stärker und leidenschaftlicher war als alle Vernunft. Und obwohl diese Liebe eigentlich nicht hätte sein dürfen, so forderte sie doch ihren Tribut. Die schöne Müllerstochter wurde geboren. Endlich kam die Nymphe wieder zur Besinnung und erkannte, was dort eigentlich geschehen war. Sie hatte sich mit einem Menschen eingelassen, einem von jenen Wesen, die – mit ihrem Eintritt in diese Welt – Verderbnis und Leid gebracht hatten. Nie durften sie sich wieder treffen! Um den Abschied nicht ganz so schwer zu machen, errichtete die Nymphe ihrem Liebsten die – wie es heißt – verwunschene Mühle. So, daß auch wenn er ihrer nie wieder ansichtig werden dürfe, er sich doch immer in ihrer Nähe wußte. Auch gab sie ihm die Tochter mit. Nicht, weil sie diese nicht liebte sondern vielmehr, weil sie fürchtete, sie könne sterblich sein und Sterblichkeit durfte es in ihrem Reich nicht geben. Als Letztes mußte der Müller seiner Geliebten auf ihre heilige Liebe hin schwören, daß er es seiner Tochter niemals erlauben würde, wirklich in das Reich der Menschen vorzudringen, damit kein Leid und Verderben über sie kommen möge. So war die Müllerstochter, vom Tage ihrer Geburt an, in dieser Mühle gefangen und kannte keine weiteren Wesen als ihren Vater und die Mäuse, die dort umtriebig waren und vom Korn naschten. Sie sollte – wie es der Wille der Mutter war – vor den Augen der restlichen Welt verborgen bleiben. Nur die Sonne, die ab und an zum Fenster herein schien, konnte manches Mal einen kleinen Blick auf sie erheischen. Dann jedoch errötete sie, bei dem Gedanken ein solch schönes Wesen gesehen zu haben und tauchte glückselig seufzend die Welt in das schönste Abendrot, bevor sie in ihrem Schoß versank.

Endlich hatte sie ihr Tagwerk vollbracht und konnte nun von der schönen Müllerstochter träumen. Ein Wesen, das so schön war, daß jede Beschreibung ihrer wahren Schönheit spottete. So weich und klar wie Wasser waren ihre Gesichtszüge, in ihren wundervollen tiefblauen Augen konnte man das Meer der Ewigkeit erblicken und ihre Haare waren ein silbriger Wasserfall, der sich geschmeidig vom Wind umspielen ließ. Ihr Kleid schmiegte sich zärtlich um ihren Körper und schien sie nur mit einem sanften Hauch zu umhüllen. Es war, als würde es mit ihr verschmelzen und einfach zu ihrem Wesen dazu gehören.

Viele Jahre blieb die Müllerstochter in der einsamen Waldmühle verborgen. Sie ward, wenn auch neugierig wie es wohl außerhalb dieser steinernen Mauern aussehen möge, stets eine brave Tochter und verweilte an dem Platz, der ihr bestimmt zu sein schien. Nur ihre traurigen, von der Sehnsucht die Welt da draußen erblicken und erkunden zu wollen getriebenen Lieder, drangen Abend für Abend in den verzauberten Wald und ließen diesen die Menschenwelt und ihre

Sorgen um ihn herum vergessen. Doch drangen eben jene Menschen mehr und mehr in ihn hinein. Jahrelang schon herrschte Krieg zwischen zwei verfeindeten Königreichen auf dessen Thronen Brüder saßen und mehr und mehr wurde auch der magische Hain zu einem umkämpften Gebiet. Schwertgeklapper und die Schreie der Sterbenden waren keine Seltenheit mehr und mischten sich immer wieder in die sonst so idyllischen Klänge des Waldes. Auch die Krieger hatten Gerüchte über die alte Mühle gehört in der eine zauberhafte Maid gefangen gehalten werden sollte. Und als sie der Mühle ansichtig wurden, stemmten sie das Tor auf und fanden in ihr das zauberhafte Wesen. Einen Moment hielten sie – von ihrer Schönheit geblendet – inne, dann rissen sie die Müllerstochter aus ihrem angestammten Heim und schleppten sie mit sich fort um sie zu ihrem Besitz und Beutegut zu erklären.

Als der Müller am Abend zur Mühle zurückkehrte und diese verwüstet vorfand, begann er sofort nach seiner geliebten Tochter zu suchen. Als er sie nach langer, verzweifelter Suche nicht fand weinte er bittere Tränen und starb alsbald an seinem Gram. Die Tochter indes wurde von eiligen Rossen davongetragen, weit in das

Landesinnere hinein. Als es Abend wurde und die Krieger ihr Lager aufgeschlagen hatten, brach Streit und Zwistigkeit unter ihnen aus. Ein Jeder beanspruchte die schöne Maid für sich. Bald kam es zu Handgemengen, schon wurden Schwerter gezogen, während die Müllerstochter an einem Baum gefesselt war und ein Fluß aus Tränen über ihre schönen Wangen lief. Ein Jägersmann wurde auf den Lärm aufmerksam und wollte wissen welch grausige Dinge nun in seinem Wald vor sich gingen. Langsam schlich er sich an das Lager heran und als er die Müllerstochter erblickte verfiel er einem Zauberbann. Als er sich endlich wieder davon lösen konnte und begriffen hatte was hier geschah, beschloß er, dem schönen Wesen zu helfen. Leise schlich er sich an den Baum, an dem sie gefesselt war. Die Krieger waren viel zu sehr mit sich selbst beschäftigt, als daß sie ihn bemerkt hätten. Schnell waren die Fesseln gelöst. Er ergriff der Schönen Arm und eilte mit ihr aus dem Lager in Richtung Wald. Als sie endlich entkommen schienen, bemerkte sie die Kriegermeute schließlich doch. Schon stoben und hetzten sie hinter ihnen her. Der Jägersmann kannte aber jeden Winkel seines Waldes und so gelang es ihm mit List und

Tücke seine Verfolger abzuhängen. Doch würden es die beiden heute nicht mehr zu seiner Behausung schaffen, zu gefährlich war der Weg, zu groß die Gefahr entdeckt zu werden. Sie mußten, ob sie wollten oder nicht, die Nacht unter freiem Himmel verbringen und als die Krieger an ihnen vorbeigezogen waren kehrte an diesem Ort eine himmlische Ruhe ein. Die Sterne funkelten ihnen zu, die Eule sang ihnen vom Zauber der Nacht und alle Gefahr schien vergessen. Doch bitterkalt war es geworden und die Müllerstochter fror und zitterte am ganzen Leib. Vom innigsten Wunsche erfüllt, es diesem bezaubernden Wesen so angenehm wie möglich zu machen, legte der Jäger schließlich schüchtern seinen Arm um sie und rückte nahe an sie heran um ihr seine Wärme zu schenken. Endlich hörte die holde Maid zu zittern auf, kuschelte sich an ihren edlen Retter und während er fiebernd dem Wunsche widerstand mehr von ihrem Körper einzufordern, sie zu streicheln und innig zu berühren, fühlte sie ein unbekanntes Gefühl von Geborgenheit und schlief selig in seinen Armen ein.

Es schien als hätte sich ein Paar gefunden, doch noch bevor sich das junge Glück der Liebe über sie ausbreiten konnte um holde, untrennbare Bande zu schmieden, sollte eine schicksalhafte Wendung die beiden wieder auseinander reißen. Der Wald in dem der Jägersmann für Ordnung sorgte, war des Königs liebstes Jagdrevier. Schon am nächsten Tage, als die beiden es kaum geschafft hatten, die Jagdhütte zu erreichen, die das Heim des Jägers darstellte, erschien er und blies mit seinem Gefolge zur königlichen Jagd. Mit viel Halali und großem Jagdglück kehrten sie am Abend von dieser zurück. Da erspähte der König eine Trophäe, die ihm wertvoller wirkte als sein gesamtes Wild, ja vielleicht könnte sie gar den wertvollsten Schatz im ganzen Königreiche darstellen. Und so kam es, daß er am gleichen Abend noch abreiste. Mit all dem erbeuteten Wild ebenso, wie mit der schönen Müllerstochter. Sie – so galt sein Verlangen – sollte sein Eigen werden.

Doch mochte sie ihren Herrscher nicht besonders. Und auch mit den ständigen Geschenken, die er ihr machte, gelang es ihm nicht, sich bei ihr einzuschmeicheln. Schließlich verlor er die Geduld! Er war der König und was ihm nicht freiwillig gegeben würde, nahm er sich mit Gewalt!

Die Jahre verstrichen und aus dieser unheilvollen Beziehung erwuchsen schließlich zwei Töchter, die in Anmut und Schönheit ihrer Mutter in nichts nachstanden. Jedoch besaßen sie nicht ihr gütiges Herz, jenes nämlich hatten sie vom Vater geerbt und so mag es nicht verwundern, daß sie die Liebe der Mutter ausschlugen und sich von den Geschenken des Vaters kaufen ließen, welche sie auf immerdar verderben sollten. Der Krieg, welcher viel Leid über die Menschen beider Königreiche gebracht hatte, war nun vorüber. Um seinen Sieg zu feiern lud der König alle Bediensteten in seinen Palast, um hier ein rauschendes Fest zu geben. Auch jener Jägersmann, dem die schöne Königin seit jener schicksalhaften Nacht nicht mehr aus dem Kopf gehen wollte, ward geladen. Und ja er erschien, nicht etwa um zu feiern, nein er hoffte noch einen letzten Blick auf seine schöne Königin zu erheischen.

Und tatsächlich, sie sollte neben ihrem Gemahle auf einem kleineren Throne sitzen. Er erschrak, die Zeit hatte ihrer Schönheit nichts anhaben können. Und so sah er sie mit tief empfundener Freude, in die sich ebenso tief empfundene Trauer mischte. Sie war zum Greifen nahe und doch so weit entfernt! Plötzlich erschien ihm ein Leben ohne sie jedem Sinne beraubt. Trübselig hielt er sich an seinem Glase fest. Er wollte dem Wein verfallen und so seinen Kummer ertränken. Die Gesellschaft um ihn herum trank im Siegestaumel jedoch viel schneller als der trübsinnige Jägersmann. Bald wurde eine fröhliche Gesellschaft immer fröhlicher und Übermut überkam ihre Herzen. Sie tanzten und lachten und ließen sich zu manch einem - dem Hofe nicht würdigen – Gepränge hinreißen. Schließlich vergaßen sie gar, was des Königs war, denn auch ihren Blicken ward die schöne Müllerstochter nicht verborgen geblieben. Und im vollen Übermute forderte sie ein jeder nun für sich. Ein kleiner Disput begann aus dem bald ein Kampf auf Leben und Tod entbrennen sollte. Schwerter klirrten aneinander, Holz zerbarst. Eine wütende Menge kämpfte, wie von Raserei erfaßt, auf Leben und Tod miteinander. Unachtsam geworden zerstörten sie alles um sich herum. Schließlich fing in diesem unkontrollierten Gemenge der Thronsaal Feuer, welches schnell außer Kontrolle geriet und sich wie die rasende Wut der Anwesenden tobend ausbreitete. Der Jägersmann, der dieses Schauspiel eine Weile aus der Ferne beobachtet hatte, sah seine Liebste in Bedrängnis. Er sah, wie sie verzweifelten Blickes Hilfe suchte. Wieder war es an ihm, sie zu retten. Wieder merkten die streitenden

Männer zu spät, was passiert war und konnten nur noch sehen, wie er – die Müllerstochter am Arme gezerrt hinter sich her schleifend – den Thronsaal verließ. Erneut begann eine wilde Verfolgungsjagd. Doch mit viel Geschick, List und Tücke und auch ein wenig Glück konnten die beiden entkommen.

Es heißt, niemand mehr hätte die schöne Müllerin von da an jemals wieder gesehen. Doch flüstert ab und an der Wind den Blättern in den Baumkronen zu, sie seien wieder in die alte Mühle heimgekehrt, die einst ihre Mutter für ihren Vater errichtet hatte. Nie wieder verspürte die Müllerstochter den Drang einen Fuß in die Welt da draußen zu setzen, die ihr soviel Leid gebracht hatte. Lieber wähnte sie sich in den Armen ihres Liebsten, der ihr nie ein Leid zu fügen würde und so bekamen beide nicht mit, wie die Töchter der Müllerstochter Männer und Königreiche gegeneinander ausspielten und noch mehr Leid, Elend und Tod in die Welt brachten.

So endet nun das Flüstern, das mir rauschend an mein Ohr getragen wurde. Doch holde Maiden, edle Herren glaubet mir: Dies ist was der Wind erzählt.

Weitere Werke des Autors:

<u>Werke eines großen Meisters</u>

Das viel beachtete Vorgängerwerk, für alle die noch mehr Schapo Klack wollen.

Gerade als sich Schapo Klack – Biliothekar der Traumwelt – in sein neues Buch „Werke eines großen Meisters" vertieft, und ihm auffällt, daß er selbst darin die Hauptfigur ist, taucht Morpheus – Herr der Träume – hinter ihm auf und schickt ihn auf eine gefährliche Mission in die Realität. Eilig bricht Schapo in dieses farbenfrohe Abenteuer auf, einzig in seinem Gepäck: „Werke eines großen Meisters", das Buch, was er gerade erst begonnen hat. Werden Sie es wagen und Schapo auf diese gefährliche Mission begleiten?

„... mein Kopfkino konnte gar nicht mehr aufhören mir all die schönen Bilder zu zeigen. Außerdem habe ich das Buch gar nicht selbst gelesen, sondern irgendwie hat mein Hirn mir das Buch vorgelesen. Dabei musste ich einmal kurz an die alten Märchenschallplatten denken, die ich als Kind gehört habe. Wirklich schön. Wenn ich ein Buch lese, markiere ich mir immer mal den einen oder anderen Absatz, der mir besonders gut gefällt, um ihn euch hier vielleicht zu zitieren. Als ich die fünfte oder sechste Leseseite hintereinander jeweils die Hälfte markiert hatte, musste ich selbst mal lachen. Dann müsste ich euch einfach das ganze Buch hier zitieren. ..."

– Beate Bedesing

(Beates Buchplauderein)

Softcover-ISBN: 978-3-944896-51-9
Hardcover-ISBN: 978-3-7347-0753-7
E-ISBN: 978-3-944896-42-7

Finstermond und Sternenglanz

Märchen für Erwachsene und andere humanoide Wesen

Hey, Pst! Haben Sie schon gesehen? Dieses Buch enthält Märchen für Erwachsene und andere humanoide Wesen! Ja, wirklich! Los, schauen Sie mal rein! Der Autor übt sich zwar nicht gerade in den inflationären Worten der Werbeindustrie, wenn es darum geht seine Werke zu beschreiben. Vielmehr betont er, daß er keine hohle Konsumware schreibt, sondern gehaltvolle Geschichten, die zum Träumen und Nachdenken anregen. Wie bescheiden, heben sich seine Geschichten doch wohltuend vom üblichen Phantastikeinheitsbrei ab. Jede einzelne von ihnen entfaltet ihren eigenen Charme und Charakter, verzaubert den Leser und entführt ihn zu magischen, bisher noch nicht gekannten Orten. Es sollte auch nicht unerwähnt bleiben, daß all seine Geschichten auf Netz- und sonstige Hautverträglichkeiten geprüft wurden und sich desweiteren auch für Haustiere eignen. Was lesen Sie hier noch rum? Werfen Sie lieber

einen Blick ins Buch und lassen sich von seinen Geschichten verzaubern.

Inhalt:

Die Zähmung des Donnergottes
Die Farben des Mondlichts
Herr Rüttelschüttel kommt zu Besuch
Vergessene Legenden
Das Irrlicht
Kind des Hasses
Finstermond und Sternenglanz

„Bernd B. Baduras "Finstermond und Sternenglanz" wirkt von außen genauso, wie es von innen letztendlich ist. Etwas düster, melancholisch aber trotzdem schillernd und vor allem verträumt ... Ein Buch mit mehr Denkanstößen als in manchem 500-Seiten-Wälzer."
Rezension: Tialda von bibliofeles

ISBN: 9781471611056

(Erhältlich bei www.lulu.com und amazon)